푸른 별 지구

푸른 별 지구

초판 인쇄 | 2022년 12월 15일
초판 발행 | 2022년 12월 20일
지은이 | 김남희
펴낸이 | 신중현
펴낸곳 | 도서출판학이사

　　　　출판등록 : 제20100-2005-28호
　　　　주소 : 대구광역시 달서구 문화회관11안길 22-1(장동)
　　　　전화 : (053)554-3431, 3432
　　　　팩스 : (053)554-3433
　　　　홈페이지 : http://www.학이사.kr
　　　　이메일 : hes3431@naver.com

ISBN 979-11-5854-401-0　03810

김남희 수필집

푸른 별 지구

夢而思 학이사

인간이 표현하는 얼굴의 수는 몇 가지나 될까.

너무 많은 얼굴이 있어 제대로 보지 못하는 것들이 있을 수 있고 하나만 보느라 봐야 할 것들을 놓치는 경우도 있을 것이다.

나는 수필을 통해 진정한 나의 모습을 마주한다. 사랑에 들떠 흘러가는 구름 한 점에도 눈물을 짓다가 지독한 고독에 빠져 대답조차 하지 못하는 날들도 있다. 일상의 행복에 파닥거리는 물고기처럼 즐거워하다가 꺼진 풍선에 불어 넣는 바람처럼 위로가 필요한 날들을 살아가기도 한다.

보라색을 좋아하며 ISTJ-A형이다. 가끔은 우뇌가 가출한 모습을 보이거나 좌뇌의 부정확한 기억들로 아련할 때도 있다. 수필은 과학처럼 정확하다. 공명정대하며 욕심을 부리지도 않는다. 있는 그대로 내어놓을 수밖에 없는 얼굴이 수필이다. 조금 부족한 얼굴 역시 이 책 속에 그대로 표현했다. 이 책에서만큼은 내가 주연이기 때문에 가능한 일일 테다.

책 한 권에 사랑, 고독, 행복, 위로를 담았다. 싱크대 물막이조 차도 달 줄 모르는 99% 부족한 여자이지만 계절에 상관없이 항상 보이는 주극성처럼 나는 늘 그 자리에 있고 싶다. 이왕이면 환하게 빛나고 싶다. 이제 시작이다. 보이저호처럼 되돌아오지 않는 직진의 길을 향해 나아갈 것이다.

지치지 않는 열정으로 글을 쓸 수 있게 도와주신 소진 박기옥 선생님과 가족들에게 고마움을 전한다.

2022년 겨울
김남희

차례

책을 내며 4

사랑

산수유 12 | 덕질 중 16 | 닭을 키우며 21 |

달빛 25 | 호모 사피엔스 28 | 흙 31 |

옹기골 36 | 엄마의 무릎 40 | 붉은 명찰 46 |

로미오와 줄리엣 50 | 정 때문에 54 | 퍼플섬 58 |

벌레들의 반란 62

고독

상여소리 68 | 가시 73 | 행성 76 | 포로 80 |

독방 84 | 영원한 인간 88 | 마이 페이지 92 |

삭정이 96 | 13시간 100 | 상추쌈 104 | 호박 108 |

할머니의 통장 112 | 마음의 안전지대 116

행복

숙주 122 | 쑥을 뜯으며 126 | 너의 계절 130 |
아버지와 송이 133 | 울지 않는 아이 137 | 다리 140 |
선물 144 | 다람쥐와 호두 148 | 얼굴 153 |
손 157 | 미션 161 | 할슈타트 166

위로

푸른 별 지구 172 | 단돈 천 원 178 | 마블 인형 181 |
그해 봄 186 | 바다 189 | 영수증을 붙이며 193 |
연 196 | 화환 200 | 트라우마 204 | 제사를 지내며 208 |
출근길 풍경 213 | 목단꽃 이불 217 | 프라하에서 221 |
지붕 위의 소 225

발문 _ 김남희 수필집 『푸른 별 지구』에 부쳐 · 박기옥 228

사랑

여자는 죽음의 사랑이 아닌

살아있는 사랑을

하고 싶다고 했어

산수유

　　돌담으로 둘러싸인 골목길로 접어든다. 회색 돌
담을 병풍 삼아 산수유의 붉은빛이 도드라져 보인다. 찬 서리 겨
울바람에도 빨갛게 매달려 있다.
　　시어머니는 군불을 지핀 사랑방에서 산수유를 말리곤 했다. 철
지난 달력을 펼쳐놓고는 씨를 뺀 핏물 같은 산수유를 매만졌다.
달력 한쪽에는 반쯤 건조된 산수유가, 다른 한쪽에는 씨를 막 도
려낸 산수유가 누워 있었다. 붉은 옷을 벗은 갈색 씨들은 거친 파
도에도 끄떡없는 절벽처럼 단단했다. 몇십 년이 흘러야 흙으로
돌아갈까. 썩기라도 하는 것일까.
　　아픈 부위를 도려내는 능숙한 의사처럼 어머니의 손은 재바르
고 날렵했다. 풀이 죽은 산수유 열매에서 씨와 피부를 갈라내는
일은 어머니에게 그리 어려워 보이지는 않았다. 어머니의 손은

이미 산수유의 흔적으로 뒤덮여 있었다. 저녁노을처럼 붉게 퍼졌다가 시간이 지나면 짙어지는 어둠처럼 어머니의 손도 노을빛에서 짙은 검은색으로 변해 있었다. 굵게 파인 굳은살 사이로 산수유 물이 거세게 스며들어 있었다.

삐거덕거리는 대문 소리가 나자 어머니는 바람 소리인지 며느리가 오는 기척 소리인지 단박에 알아차렸다. 산수유 물이 든 검은 손으로 흰 창호지 빗살무늬 문고리를 힘껏 잡아당기며, 서울에서 내려오는 며느리를 반갑게 맞았다. 달력 위에 누워 제집처럼 차지하고 있는 산수유를 밀어내고 구들목으로 며느리를 당겨 앉혔다.

서울에서 신혼살림을 차린 며느리는 시댁을 자주 오지 못했다. 직장까지 겸하고 있어서 주말이나 되어야 군위 한밤마을까지 내려올 수 있었다. 그것도 지하철, 기차, 시내버스, 시외버스 등 바퀴 달린 모든 것들을 총동원하여 저녁나절이나 되어서야 시댁 문을 열었다. 그런 수고로움을 알기에 어머니는 산수유를 까며 이제나저제나 며느리를 기다리다가 구들목을 차지한 산수유를 단박에 밀어내고 며느리를 끌어 앉힌 것이다.

시집온 첫해에 며느리는 산수유를 몰랐다. 빨갛게 나무에 달려 있는 열매가 그리 고울 수가 없어 그림을 감상하듯 마당 옆 담벼락 사이로 산수유를 올려다보곤 했다. 한겨울, 잎 하나 없는 가지에 열매가 달려 있는 것을 보고 참 신비로운 것이라 여겼다. 어머니는 산수유를 말린 차를 온갖 약나무와 함께 끓여 대접에 내어왔다. 감기에 든 며느리를 위해 꿀까지 얹어 내어온 것이다.

며느리는 산수유와 약나무를 끓인 물 대접을 받아들며 이상하고 시큼한 그 맛에 미간을 찌푸렸다. 물 대접에 어머니의 모든 정성이 녹아 있다는 것을 그때는 몰랐다. 서울에서 시골까지 내려오며 걸린 시간만큼 물 대접에 공을 들였다는 것을 그때는 왜 몰랐을까.

어머니가 마당으로 나가 산수유를 딸 때는 며느리도 따라나서 거드는 시늉을 했다. 하늘을 향해 뻗은 나무를 쳐다보며 산수유를 따는 것은 쉬운 일이 아니었다. 가시에 찔리기도 하고 고개도 아프고 어깨도 저려 왔다. 어머니는 장갑을 벗어 던지며 능숙하게 산수유를 따 모았다. 장갑을 벗은 어머니의 손은 삽시간에 발갛게 물들었다. 가시에 찔린 핏물인지 산수유 물인지 모를 붉은 색들이 어머니의 언 손 위에 흘러내렸다. 며느리의 손도 검게 변하기 시작했다. 검게 변한 손을 보고 며느리가 어쩔 줄 몰라 하자 어머니는 슬며시 비누와 수건을 내어 주었다.

며느리는 다시 산수유 씨를 발라내는 일을 돕겠다며 사랑방으로 들어갔다. 씨와 껍질을 가르는 일도 나무에서 산수유를 따 모으는 일만큼이나 힘든 일이었다. 산수유의 껍질을 벗겨내는 일은 마음속 먼지를 털어내는 것과도 흡사했다. 씨에 붙은 단단한 먼지들을 털어내고 깨끗한 마음들을 모아 새롭게 굳히는 작업 같았다. 마신 물 대접의 반도 못 채운 며느리는 삭신이 쑤셔왔다. 며느리에게는 더 할 수 없는 힘든 노동이었던 것이다.

어머니는 겨우내 산수유를 따고 말리는 노동을 견뎌 내었다. 삶의 무게를 받아내듯 묵묵히 겨울을 산수유와 함께 보낸 것이다. 어머니는 손톱만큼 단단해진 산수유 육질을 시골 장에 내다 팔았다. 서울 가는 며느리 가방 속에도 잘 말린 육질을 쟁여 넣고 그 속에 꼬깃꼬깃 접은 돈을 차비라도 하라며 묻어 두었다. 겨우내 산수유를 팔아 번 돈이었다.

딸로 산 세월보다 며느리로 산 세월이 더 많은 지금, 며느리가 시댁을 찾는다. 회색빛 돌담 이끼마저 마른 골목을 돌아 어머니가 없는 빈집에 들어선다. 마당 옆 오래된 산수유나무만이 열매를 매단 채 우두커니 빈집을 지키고 있다.

며느리는 뒤뜰에서 사다리를 가져와 나무 위에 걸쳐 놓는다. 혼자 집을 지키며 열매를 맺은 산수유를 바가지에 따 담는다. 얼었다 녹았다를 반복한 붉은빛 열매가 박바가지에 그득하다.

며느리는 어머니가 가르쳐준 대로 산수유차를 만들 생각이다. 꽃처럼 피어나 씨앗처럼 단단한 삶을 살아 온 어머니를 위해 온갖 약나무와 산수유를 넣어 어머니가 그랬듯 오랜 시간 달여 보리라. 어머니의 그릇, 물 대접에 담아 따뜻한 차 한 잔 데워 드리리라.

잠깐 사이 며느리의 손에 붉은 물이 흐른다. 가시에 찔린 핏물인지 붉은 산수유 물인지 아랑곳하지 않는다. 오랜만에 빈집에 훈기가 돈다.

덕질 중

　나는 지금 덕질 중이다. 아직은 초보 단계다. 얼마 전까지만 해도 덕후, 덕질, 입덕, 탈덕은 나에게는 생소한 단어였다. 사전적인 의미를 찾아보니 덕후는 덕질을 하는 사람을 의미하고 덕질은 자신이 열정적으로 좋아하는 특정 분야의 마니아를 의미한다. 입덕은 덕질에 입문함을 뜻하고 탈덕은 덕질에서 벗어남을 의미한다. 정확하게 나의 상태를 짚어보면 바야흐로 나는 입덕했다. 나이 쉰이 넘어서 입덧이 아닌 입덕을 한 것이다.

　텔레비전에서 새내기 트로트 가수들의 열정적인 무대가 눈길을 끈다. 그중에서도 대구 출신의 트로트 가수에게 유독 눈길이 더 간다. 알고 보니 대학 후배이기까지 하다. 나만 이 방송을 즐겨보는 것은 아닌가 보다. 연일 시청률이 두 자리 수라며 장안의 화제라고 떠들썩하다. 일본 열도를 달군 한류의 중심 욘사마가 새로 등장한 형태다.

욘사마는 한국 배우 배용준과 높은 사람을 지칭하는 일본 말 사마가 결합된 말이다. 일본의 열성팬들이 배용준에게 최고의 존칭을 부여한 것이다. 욘사마의 팬들은 한국의 김치 맛에 열광했던 일본의 사오십 대 주부들이었다. 집권 자민당이 전쟁을 치르는 자위군으로 개편하는 정치파란의 과정 속에서도 욘사마를 추종하는 덕후들이었다.

나도 그들처럼 트로트 가수를 추종하는 현대판 덕질의 반열에 올랐다. 지루한 주부의 삶에 반란이라도 일으킨 것일까? 트로트에 열광하는 삶이 시작된 것이다. 일상의 절망감은 그들의 노래로 상쇄되었다. 여자의 마음을 염탐이라도 한 듯 덕질은 깊숙이 자리 잡았다.

오늘이 '미스터 트롯' 본방송이 있는 날이다. 내가 입덕한 가수가 출연하는 바로 그날이다. 좋아하는 가수에게 투표를 했다. 그의 노래를 들으며 그가 나오는 방송을 재방송까지 챙겨 보았다. 기사마다 댓글을 달고 그의 노래가 차트에 진입하면 좋아서 어쩔 줄 몰랐다. 그의 영상이며 노래를 쫓다 보니 하루 종일 휴대폰을 만졌다. 집에 있는 시간 내내 그의 동선을 쫓아 다니기에 바빴다.

딸에게 좋아하는 가수의 팬 카페에 가입하고 싶은데 어떻게 하냐고 물었다. 딸은 어이가 없다는 듯 그 나이에 덕질을 하냐며 핀잔을 준다. 중학교 때 덕질한다고 나에게 휴대폰을 빼앗긴 기억을 떠올리기라도 한 듯 휴대폰을 낚아챈다. 엄마도 똑같이 당해 보라는 듯이.

그랬었다. 딸이 중학교 3학년이 되었을 때 본격적인 덕질이 시작되었다. 딸아이는 아이돌을 좋아했다. 방 안은 온통 아이돌의 사진으로 도배되었다. 공부에 방해된다며 휴대폰을 뺏기도 하고 텔레비전을 안방으로 옮겨보기도 하였다. 달래도 보고 사정도 해 보았지만 소용없었다.

결국 타협점을 찾았다. 좋아하는 가수의 음반을 대신 줄을 서서 사주고 텔레비전 생방송 시간에는 녹화를 해 보여 주기로 했다. 텔레비전에 좋아하는 아이돌이 나오면 채널 우선권을 부여했다. 음반이 발매되면 제일 먼저 음반을 샀다. 아이돌 공연이 생방송으로 방영되는 날이면 학원도 빼먹었다.

공연 때문에 학교도 결석하려 했다. 어쩔 수 없어 딸아이를 데리고 서울의 공연장을 찾은 적도 있었다. 담임 선생님께는 차마 아이돌 공연을 보러간다는 말을 못 하고 가족여행이라며 핑계를 둘러댔다. 아이돌 공연 장소는 가족의 여행 장소로 탈바꿈했다. 딸아이를 혼자 공연장에 보내기가 불안해 공연하는 곳마다 데리고 다녔던 것이다.

그런 딸아이의 덕질이 나로부터 시작된 것이었을까? 딸아이가 십 대에 시작한 덕질을 나는 지금 진하게 하는 중이다. 카톡 프로필 사진도 좋아하는 가수로 바꾸었다. 동료들이나 지인들이 프로필 사진을 보고 한마디씩 할 것이 염려되었으나 신경 쓰지 않았다. 아들도 딸도 한 번도 나의 휴대폰 프로필 사진에 등장한 적이 없다며 투정을 부린다. 그 나이에 그러고 싶냐며 주책이라는 말까지 곁들여 남편도 잔소리를 한다. 나는 꿋꿋이 내가 덕질하는 가수에 대해서 한바탕 자랑을 늘어놓는다. 팬 카페에서 등급이 올랐다며 좋아한다.

여태껏 내가 좋아하는 것에 진정을 다해 몰두해 본적이 몇 번이나 있었던가? 학창 시절에는 공부에 쫓겨 연예인을 마음대로 좋아하지 못했다. 시골에서 자라서 문화 혜택이 도시 아이들만 못했던 것도 이유 중의 하나였다.

고등학교 시절 짝꿍이 유명한 야구선수를 책받침으로 코팅해 다닐 때도 누군지 알아보지 못했다. 대학 시절에는 학비를 번다고 연예인에 눈을 돌릴 겨를이 없었다. 덕질 같은 건 집안이 넉넉한 아이들의 취미 생활이라고만 생각했다. 그런 내가 늦은 나이에 덕질을 시작했으니, 가족들에게 충격이 아니고 무엇이겠는가.

요즘은 '미스터 트롯' 후속 방송이 한창이다 이 또한 나쁘지 않다. 팬들의 사연이 줄을 잇는다. 수술 후 좋아하는 가수의 노래로 투병 생활을 견뎌내고 있다는 이야기, 아들을 먼저 하늘나라로 보내고 아들을 닮은 가수를 보며 위안을 얻는다는 이야기, 좋아하는 가수의 노래에 우울증으로부터 벗어나 치유의 삶을 살고 있다는 이야기 등, 팔순이 넘는 팬의 진심 어린 격려까지 줄을 잇는다. 일본 열도를 들썩이며 욘사마를 외친 그들과 트로트를 향해 소리를 높이는 우리는 분명 같은 길을 걷고 있는 것이다.

누군가를 좋아하고 누군가를 위해 몰입할 수 있다는 것은 또 다른 삶의 시작임이 틀림없다. 나의 덕질이 어쩌면 잠시 스쳐가는 바람일 수도 있겠지만 함께하는 동안 깊은 몰입 속에 베프best friend 같은 애정을 쏟고 싶다.

닭을 키우며

오후가 되자 바람과 비가 잦아들었다. 태풍이 대구를 지나 위쪽 지방으로 올라갔다. 태풍이 사라지는 기미가 보이자 사람이 살지 않는 시골집 마당 한쪽에 있는 닭들이 궁금하다.

닭 먹이로 수박 껍질을 모았다. 닭도 빨간 부분이 남아 있는 수박 껍질을 좋아하는 것 같아 단맛이 남아있는 속살 부분을 남겼다. 비닐봉지에 수박 껍질을 챙겨 담으니 한가득이다. 남편과 나는 봉지를 들고 현관문을 나선다.

처음 닭을 만나게 된 것은 몇 달 전이었다. 사람이 살지 않는 시골집 빈 마당에 닭집을 지어 토종닭 몇 마리를 키워 볼 생각이었다. 토실토실하게 살이 오르면 마당에 가마솥을 걸어두고 여러 약재를 넣은 다음 푹 고아 가족과 지인을 불러 대접하기 위함이었다.

지리산 자락 마을에서 스님의 소개로 암탉 네 마리와 장닭 한 마리를 데려왔다. 남편은 닭들을 위해 시골집에 제법 큰 닭집을 손수 지었다. 합판과 그물망을 이용해 고양이나 뱀이 드나들 수 없도록 촘촘히 하고 자물쇠도 달았다. 닭집을 짓고 닭을 데려오는 것까지는 순조롭게 잘 진행되었다.

문제는 먹이와 물을 주는 것이었다. 한 시간 넘는 거리를 매일 퇴근해 닭 먹이를 주러 가는 것은 무리가 있었고 그렇다고 일주일 치를 한꺼번에 주고 가자니 닭이 먹이를 얼마나 먹는지 가늠할 수 없었다. 물도 마찬가지였다. 닭장에 갇힌 닭에게 물이 얼마나 필요한지도 모르고, 또 물을 엎질러 버리면 주인이 주지 않는 한 물 한 모금 못 얻어먹을 신세였다.

어릴 적 시골에서 닭을 키워본 경험으로 무턱대고 닭을 키워보겠다고 나선 남편과 나는 첫날부터 어려움에 봉착했다. 이미 닭을 데려왔으니 무를 수도 없는 일. 인터넷을 뒤져서 몇 가지 정보를 얻은 다음 사료가게에 들렀다. 사료를 부어 놓으면 닭이 쪼아 먹는 속도에 따라 저절로 사료가 흘러 나와 자동으로 주는 먹이기계를 발견했다. 꼬깔콘처럼 생긴 자동 사료기계와 사료를 품에 안자 희망이 보이기 시작했다. 시골집 창고에서 큰 고무통을 찾아 일주일 동안 먹을 수 있는 물을 받고서는 어깨춤을 추었다. 드디어 완벽한 닭집이 완성된 것이다.

닭을 키우고 여러 날이 지났다. 장닭은 일주일에 한 번씩 오는 주인을 대신해 암탉 네 마리를 잘 건사하고 있었다. 암탉은 장닭의 보살핌이 있었는지 알을 낳기 시작했다. 주말에 시골집을 찾으니 닭장에 어여쁜 알이 몇 개 놓여 있는 것이 아닌가? 나무로 된 사과 궤짝에 볏짚을 넣어 만들어준 닭 둥지에서 막 알을 낳고 일어서는 암탉을 발견했다. 닭의 체온이 느껴지는 알들을 손에 잡으니 마치 아기 속살처럼 따뜻하고 보드랍다. 느낌 없이 만지고 먹었던 이전의 계란하고는 비슷한 듯하나 확연히 달랐다. 생명의 씨앗을 감탄하며 바라보듯 한동안 두고 보았다.

흰 속살처럼 뽀얀 알을 낳던 암탉은 봄이 되자 알을 품기 시작했다. 알을 낳던 사과 궤짝에 몸을 담아 꼼짝도 하지 않고 있었다. 날개를 살며시 들춰 보니 병아리를 까기 위해 알을 덥히고 있다. 먹지도 않고 밖으로 나오지도 않는 것 같았다. 닭은 여러 날을 그러고 있었다.

몇 주가 지난 어느 휴일에 남편은 새끼줄을 꼬아 처마 밑에 고추와 나뭇가지를 매달았다. 드디어 병아리가 태어난 것이다. 껍질에 미세한 균열이 생기고 투명한 막이 젖혔다. 꼬물꼬물 움직임이 있는가 싶더니 온몸으로 밀어내듯 병아리가 밖으로 나왔다.

병아리는 하루 만에 걸음마를 떼고 엄마 날개 밑을 파고들었다. 병아리가 태어나도 엄마 닭은 둥지를 떠나지 않았다. 꼼짝도 않고 그 사과 궤짝 둥지 안에 그대로 앉아 있었다. 병아리를 깔아 뭉갤까 봐 조심히 날개를 들춰 보니 날개를 있는 힘껏 부풀려 깨어난 병아리와 남아 있는 알을 품고 있는 것이 아닌가. 사람의 인기척을 느끼자 눈을 두리번거리며 부리를 세워 경계를 하는 모습은 영락없는 어미였다. 공연히 닭을 불안하게 한 것 같아 도망치

듯 우리를 빠져나왔다.

날개를 저렇게 부풀리고 있으면 얼마나 힘이 들까. 윤기가 빠진 날개 깃털이 바람에 흩날리자 첫 아이를 낳던 기억이 스친다. 열 달 동안 뱃속에서 아기를 키우는 산모. 그 산모와 암탉이 무엇이 다르랴. 최소한의 배고픔만 채우고 둥지에 들어 알의 체온을 유지하는 어미 닭. 닭은 이미 그 누구보다도 엄마가 될 자격이 있었다. 몸을 푼 산모에게 미역국을 먹이듯 멸치와 쌀을 믹서기로 곱게 갈아 물과 함께 닭의 언저리에 두고 나오자 암탉의 눈이 빛난다. 어미 닭은 여섯 마리의 병아리가 태어날 때까지 둥지에 머물렀다.

태풍 속에서도 닭들은 무사하다. 빨간 속살이 비치는 수박 껍질을 던져주자 중닭이 된 병아리와 어미 닭이 맛있게 먹는다. 저 중에 하나를 잡아 백숙을 해먹자고 하니 남편이 들은 척도 않는다. 마당 한쪽에 자리 잡은 가마솥을 치운 지 오래다. 수돗물을 틀어 닭들의 물을 갈아 준다.

달빛

달빛은 어둠을 몰아낸다. 달빛 속에 보이는 모든 것들은 달빛을 닮았다. 메밀꽃밭에 누운 나의 얼굴에도 달빛이 스며들고 있다. 발을 헛디딘 것은 순전히 달빛 때문이다. 달빛에 홀린 듯 하늘만 쳐다보며 걷다가 아스팔트 옆 논바닥으로 굴러 떨어졌다. 정신이 혼미했다. 몸을 뒤척이자 여기저기가 쑤셔온다. 팔다리가 움직이는 것을 보니 다행히 부러진 곳은 없는 모양이다. 메밀꽃들이 온 힘을 다해 나의 몸을 품었기 때문이리라.

눈앞에 하늘이 펼쳐진다. 달빛으로 물든 구름이 유유히 흐른다. 내 몸도 흐르는 구름을 따라 둥둥 떠다니는 것 같다. 눈앞에 펼쳐진 풍경들을 보고 있으니 천국인가 싶다. 시간이 얼마나 흘렀을까? 찬 기운이 들어 정신을 차린다. 비로소 내가 논바닥에 누워 있다는 것을 깨닫는다. 메밀꽃이 파도처럼 펼쳐진 논바닥을 짚고 일어선다.

이웃 마을 교회 부흥회를 마치고 집으로 돌아오던 길이었다. 부흥회가 끝나면 막차가 끊긴다는 것을 알면서도 굳이 이웃마을 까지 간 것은 순전히 K 때문이다. K는 이웃마을 교회에 다닌다. 그는 갓 망울진 핑크빛 메밀 꽃망울처럼 깊은 눈을 가졌다. 시골 소년답지 않은 하얀 피부색에 속눈썹이 길었다. 그가 어느새 내 마음속 귀공자로 자리를 잡았다.

그는 노래를 잘 불러 성가대원이 되었다는 소문이 돌았다. 부흥회 날 그는 멋진 성가복을 입은 채 성가대에 앉아 노래를 불렀다. 한 번도 들어 보지 못한 아름다운 소리를 내며 솔로 파트를 노래했다. 마치 영화의 한 장면처럼 노래가 흘렀다.

예배 도중 나는 계속해서 그를 훔쳐보고 있었다. 그러나 그는 나에게 눈길 한번 주지 않았다. 초등학교 시절 그와 나는 짝꿍이었다. 콩닥거리는 가슴을 누른 채 나는 책상 위에 삼팔선을 그었다. 좋아하는 마음이 깊어질수록 선의 굵기도 짙어졌다. 그러나 그는 화 한번 내지 않았다. 어느 날인가 그는 두 주먹을 불끈 쥐고 나를 향해 훅을 날렸다. 아마도 관심 끌기를 하던 나의 행동이 지나쳐 그가 더 이상 화를 참지 못한 탓이리라.

그가 나에 대한 관심이 새끼손톱만큼도 없다는 것을 안다. 그러나 나는 만화 주인공을 가슴에 품은 것처럼 내 마음속 귀공자를 저버리지 못한다. 버스가 끊긴 야밤에 산 그림자가 울음 우는 밤길을 오 리나 걸어야 집에 도착한다는 사실을 그는 알고 있을까.

아스팔트길을 뚫고 뿌리를 내리는 민들레의 용기를 빌려 여기까지 왔다는 것을 그는 알고 있을까. 그런데 그는 눈길 한번 주지 않은 채 가 버리고 말았다. '잘 가.'라는 인사 한 번 하지 않은 채 사라지고 없다.

그가 없는 텅 빈 교회 문을 열며 나는 집으로 향했다. 아스팔트 위에는 윤슬처럼 달빛이 퍼져 있었다. 그에 대한 서운함도 있었지만 나쁘지는 않았다. 무심한 듯 자신의 일만 하는 사람. 그는 그런 사람이었기에 나의 관심을 끌게 된 것인지도 모른다.

가을밤, 미처 달빛을 받지 못한 산 그림자가 어둠 속에서 튀어나올 것 같아 그가 부른 노래를 흥얼거렸다. 처음으로 들어 본 그의 노랫소리를 흉내 내며 따라 불렀다. 성악을 하는 사람처럼 고음으로 뻗어 가는 그의 목소리를 떠올리자 전율이 일었다. 그의 목소리와 나의 목소리를 섞어가며 나는 달빛 속에서 새로운 소리를 만들어 냈다. 달빛에 비친 하늘과 이름 모를 산새 울음소리, 산 그림자들이 장단을 맞추고 있었다.

소의 여물을 위해 메밀을 심는다는 메밀꽃 들판을 막 지나칠 때였다. 달빛인지 꽃빛인지 분간이 가지 않는다고 생각할 즈음 나는 발을 헛디뎠다. 순식간에 내 몸은 메밀꽃밭에 나동그라졌다.

그 후 나는 메밀밭의 상처를 가슴에 묻었다. 아픔은 상처를 치유하는 힘이 있고 추억은 삶을 가꾸는 힘이 있다. 달빛이 스며드는 밤이면 그때가 떠오른다. 하얀 달빛 속을 구름인 듯 걷고 있는 한 작은 소녀가 보인다.

호모 사피엔스

대추를 따오는 남편을 맞는다. 사과를 가져오기도 하고 고구마 순을 얻어 오기도 한다. 시골만 가면 무엇인가를 들고 오는 남편이 신기해 물어보았다. 수렵시대도 아니고 왜 이렇게 먹을 것을 물어 나르냐고 했더니 남편이 웃는다. 남자는 본래 수렵시대부터 무엇인가를 벌어 오는 존재란다. 동물들을 보아도 가족을 위해 먹이를 물어 나르지 않느냐며 남자의 습성을 운운한다.

사냥을 하고 열매를 따오던 아득한 그 옛날 호모 사피엔스의 후예답다. 그러고 보니 남자들은 밖에 나가면 무엇인가를 들고 온다. 직장에서 월급을 받아오든 시장에서 과일을 사오든 빈손으로 돌아오는 경우는 드물다.

언젠가 지인에게 물어보았다. 돈을 벌어야 하는 가장의 역할이 부담스럽지 않느냐고 했더니 전혀 그렇지 않다고 한다. 남자들 입장에서 억울하다고 생각할 것 같았는데 오히려 바깥일을 하는 것은 당연하며 가족을 위해 돈을 버는 일에 부담을 가진 적은 없다고 한다. 그러고 보니 아버지도 그랬었다. 밖에 나가면 늘 무엇인가를 들고 오셨다. 먹을 것을 가지고 오든 나무를 해오든 가족을 위해 한평생을 지고 나른 것이다.

어릴 적 아버지의 지게에는 먹을 것이 넘쳐났다. 배추를 뽑아 오기도 하고 무를 뽑아 오기도 했다. 어머니는 아버지의 지게에서 감자며 호박이며 고구마를 꺼내 반찬을 하셨다. 아침 일찍 논물을 보러 가신 날은 이슬이 맺혀 있는 오디를 뽕잎에 싸오기도 하셨고, 산기슭 빨간 산딸기를 가지째 꺾어 오기도 하셨다. 단물이 차오른 감을 따오기도 하셨고, 입이 떡 벌어진 햇밤을 주워 오기도 하셨다. 아버지의 지게는 수시로 보물창고로 변한 것이다.

농사일이 뜸한 겨울에 아버지는 산 일을 하셨다. 나무를 심고 다듬는 사방일을 하셨는데 중참으로 빵이 나왔다. 해 질 녘 집으로 돌아오실 때면 늘 빵을 들고 오셨다. 도시에서나 볼 수 있는 팥빵이 아버지의 지게 속 도시락 보자기에서 나오자 신이 났다. 찌그러진 팥빵이었지만 맛은 배가 된 듯 달콤했다. 목구멍으로 미끄러지는 빵을 붙잡고 혀와 입 속에 오래도록 굴리며 만끽했다. 사방일을 마치고 돌아오는 아버지를 기다리는 것은 빵을 기다리는 것과 같았다. 중참을 먹지 않고 가져오는 빵이라는 것을 모른 채 그것이 없는 날은 응석까지 부렸다. 잠든 머리맡에서 참을 먹지 않아 배고프지 않느냐는 어머니의 걱정스런 목소리를 듣고서도 아버지의 배고픔은 안중에도 없었다. 부모는 배도 고프지 않다고 생각했던 그 시절이 얼마나 철이 없었던지. 지난날의 반추에 가슴이 시리다.

수리부엉이 암컷은 차디찬 바위 위에서 알을 품는다. 알을 품을 무렵 암컷은 자신의 가슴팍에서 털을 뽑아 맨살을 드러낸다. 맨살을 드러내 자신의 따뜻한 체온으로 알을 품고 있는 동안 수컷은 사냥을 해온다. 숲 입구에 있는 나무에 앉아 알을 품고 있는 암컷을 지켜보면서 숲을 감시한다. 밤이 되면 먹이를 물어 암컷에게 넘겨주고 또 다시 숲으로 나간다. 날개를 펄럭이며 먹이를 물어 나르는 수리부엉이의 모습은 위대한 사랑을 떠올리게 했다. 청력을 곤두세우며 먹이를 물어 나르는 수리부엉이의 날갯짓이 아버지의 지게였음을 이제야 깨닫는다.

남편이 윤기가 자르르 흐르는 대추를 건네준다. 환하게 웃고 있는 남편의 손에서 대추를 받아 든다. 대추를 깨물며 아이들에게도 한 입 먹어 보라고 권한다. 피자나 통닭에 길들어 있는 입맛이지만 맛이 달다. 피와 땀이 밴 탓일까. 대추 가시에 찔린 남편의 손에 연고를 바른다. 호모 사피엔스의 후예들, 고마울 따름이다.

흙

식목일을 맞이하여 어린이집 아이들과 작은 화분에 각종 씨앗을 심기로 하였다. 여러 종류의 씨앗과 화분은 구입하였으나 돈을 주고 흙을 사기엔 마땅찮았다. 시골에서 자란 탓인지 흙은 돈을 주고 사는 물건이 아니었다. 도시의 빌딩 숲에서 흙을 구하기란 쉬운 일은 아니었지만, 그렇다고 돈을 주고 살 수는 없었다.

시골 가면 가장 흔한 것이 흙이었다. 사람보다 많고 돈보다 많은 것이 흙이 아니던가. 사람이 만든 수치로도 헤아릴 수나 있겠는가. 걸음을 걸을 때마다 밟히는 것이 흙이요, 흙을 밟지 않고는 걸음조차 뗄 수 없다. 지금의 도시가 시멘트로 덮여 흙을 깔아뭉개 그 위에 건물을 세웠으나 그 밑바탕은 흙이다. 흙을 파내고 거기에 시멘트 물을 부어 기둥을 세웠으니 흙의 입장에서 제 영역을 내어준 거나 다름없다. 결국은 흙이 제 몸을 깎아 자리를 내어준 덕에 함께 사는 것이다.

흙에서 비롯된 아담과 이브가 천지 창조의 뼈대를 이루며 흙의 삶을 시작했으니 사람의 시작도 흙이요, 흙을 일궈 수확한 곡식으로 목숨을 연장하니 생명의 동아줄도 흙인 셈이다. 죽어서도 한 줌 흙으로 돌아간다고 하지 않았던가. 흙으로 살고 흙으로 먹고 흙으로 죽는데 그런 흙을 돈으로 사야 하는 세상이 오고야 말았으니 흙의 입장에서도 인간의 처지에서도 난감한 일이 아닐 수 없다.

흙이 시멘트와 비교해 홀대를 당한 것은 문명 발달이 시작이었다. 시멘트는 흙보다 단단하고 오래간다는 이유로 흙의 위세를 뛰어넘었다. 지구의 살갗인 흙은 점점 피부를 잃어가며 자신의 자리를 시멘트나 혹은 그 동족의 물질들에게 내어주었다.

흙에 바탕을 둔 사람들은 점진적으로 쇠퇴해 낙후된 삶을 살고 있다. 그들이 흙을 지키는 동안 발달된 문명은 흙을 가만두지 않았다. 흙에 약물을 먹여 본래의 성질을 잃어버리게 하고 흙의 요정인 지렁이마저도 살지 못하는 황폐해진 흙을 만들어 버렸다. 지렁이가 흙을 파헤치고 썩혀 치료하는 시간조차도 벌어주지 못한 채 결국은 지구의 살갗마저도 타들어가게 하고 있는 것이다.

전 인류의 살아갈 양식이 흙에서 나온다는 사실을 잊은 채 지구를 걱정하는 환경론자만이 목이 터져라 흙의 중요성을 부르짖는다. 정작 흙을 파괴한 사람들은 흙으로 인해 우리의 삶이 위험해졌음을 알지 못한다. 메소포타미아의 수메르인도, 이스터 섬의 비극도 땅을 업신여기며 침을 뱉던 문명의 결과였음을 알고 있는가.

아버지는 환경론자도 아니고 지구를 구하는 슈퍼맨도 아니었다. 단지 흙이 주는 원초적인 본능에 따라 밭을 갈고 논을 일구며 흙과 함께 살았다. 아버지의 인생은 흙의 인생이었다. 흙으로 시작해 흙으로 살다가 끝내는 흙으로 돌아가셨다. 아버지는 척박한 삶에 생명을 불어넣듯 흙을 일구었다. 조상으로부터 물려받은 몇 평 남짓한 땅을 열심히 일궈 몇 마지기의 땅으로 넓혔다.

겨울처럼 황폐한 땅에는 거름을 주어 양분이 넘쳐나게 했으며 자갈밭에 돌을 골라내어 기름진 옥토를 만들었다. 물이 드나드는 땅에는 벼를 심고 모래땅에는 감자를 심으며 산기슭에는 뽕나무를 심어 누에를 치셨다. 흙이 주는 수확으로 육 남매를 키워내며 때마다 조상들을 섬겼다.

언 땅을 삽으로 파내 먼저 간 조상들을 묻어 흙으로 돌려보냈다. 봄에는 산소 위에 잔디를 심으며 흙으로 돌아간 조상들이 외롭지 않게 묘를 돋우었다. 긴 가뭄에 거북등처럼 갈라진 땅을 보고 개울물을 퍼 올려 숨구멍을 터 주었으며 장마로 유실된 땅에는 흙을 지게에 지고 나르셨다. 자식을 돌보듯 땅을 돌보며 땅의 소리에 귀를 기울였다.

아침 해가 뒷산으로 기울던 어느 해, 아버지는 땅을 모두 잃고 말았다. 어머니가 아버지 몰래 땅문서를 잡힌 것이다. 사업을 하는 친척이 돈을 융통해 달라고 하자 마음 약한 어머니가 땅문서를 담보로 돈을 융통해 준 것이다. 사흘만 빌린다던 돈은 몇 년이 지나도 받지 못하고 결국은 모든 땅이 남의 손에 넘어가 버렸다.

땅이 남의 손에 넘어가자 아버지는 소리 없는 눈물을 보이셨다. 삽을 들고 논으로 들어가 오랜 시간 돌아오지 않음으로 아픔을 삼켰다. 땅에 대한 미련도 어머니에 대한 원망도 삽으로 흙을 파며 논바닥에 흘려보냈다. 땅을 잃자 아버지의 어깨는 나날이 처져만 갔다. 결국, 아버지는 자신이 누울 땅 한 평 구하지 못한 채 뇌경색으로 돌아가시고 말았다.

흙을 구하기 위해 시골로 향했다. 아버지가 농사짓던 그 땅에서 흙장난을 치며 어린 시절을 보낸 시골이다. 추수가 끝난 논에서 술래잡기를 했다. 겨울이면 물이 스며든 논에서 얼음지치기를 하던 땅이었다. 벼를 벤 논밭에서 누가 멀리 뛰는지 내기를 하며 땅을 딛고 커 갔던 곳이다. 논둑길을 거닐다 만난 어린 쑥에 봄이 온다는 것을 알아차렸고, 모내기한 무논에 헤엄치는 올챙이를 보며 올챙이 관찰 숙제가 제일 자신 있었던 여름이었다. 아버지와 함께 논두렁에 구멍을 내어 콩을 심었던 나의 어린 시절, 아버지의 꿈이 함께 머물렀던 아버지의 땅이다.

흙을 밟는 순간 어린 시절의 이야기가 물결처럼 스며든다. 아버지의 논에서 아버지의 흔적이 담긴 삽으로 흙을 파서 마대 자루에 담는다. 아버지가 가신 뒤 어머니가 어렵게 되찾은 아버지의 흙이다. 아버지의 땀과 애환이 녹아 있는 땅이다. 사람이 땅을 보호하는 한 땅은 사람을 지켜준다며 흙을 무시하면 그 결과는 파멸이라던 아버지의 목소리가 저만치 들리는 것 같다.

아이들과 씨앗 심기를 하며 지구의 살갗 흙의 사랑을 느껴보게 하리라. 아버지의 삶도 나의 뿌리도 흙임을 알기에 흙에게 예의를 갖춘다.

옹기골

유치원 아이들과 도예 체험을 한다. 흙을 다지고 감아올리는 모습이 제법 진지하다. 가마에 구우면 도자기처럼 진짜 그릇이 된다고 하니 가마가 무엇이냐며 묻는다. 요즘 시대에 가마에 도자기를 굽는 일이 흔하지 않기 때문이리라.

내가 초등학생이었을 때만 해도 학교에 오가는 길목에 제법 큰 가마가 있었다. 거인의 무덤처럼 큰 가마였다. 옹기장이들은 가마 속에서 독이며 그릇들을 꺼냈다. 그 모습은 마치 무덤 속에서 보물을 꺼내는 것처럼 신비로웠다. 옹기장이들은 도로 옆 옹기골에 모여 흙을 빚고 있었는데 우리는 그곳을 옹기골 마을이라고 불렀다.

수박덩이가 줄기를 뻗는 여름의 초입이었다. 옹기장이들이 옹기골 마당을 그득 채운 독을 바라보며 막걸리 잔치를 벌였다. 막 가마에서 나온 독이 눈부신 햇살에 자태를 뽐내고 있었다. 반들반들 윤이 나는 독은 비 온 뒤 나뭇잎에 맺히는 물방울처럼 반짝거렸다. 때 묻지 않은 순수함 그 자체였다. 옹기장이들은 양은 주전자에 뽀얀 막걸리를 담아 술잔을 돌렸다. 주안상이라도 받은 듯 두 손으로 감싸며 들이켰다. 옹기장이들의 웃음소리는 완벽한 독이 나왔음을 의미했다. 지난번처럼 독을 망치로 때려 부수는 일은 없을 것 같았다.

지난번 가마에서 나온 독들은 모조리 부서졌다. 학교를 파하고 돌아오는 길에 나는 옹기장이가 가마에서 꺼낸 독을 망치로 내리치는 모습을 보았다. 아무런 항변도 못 한 채 내 키만 한 독들이 맥없이 꼬꾸라지는 모습에 나는 두렵기까지 하였다. 그 넓은 마당에 병렬하듯 서 있던 독이었다. 내 눈에는 완벽함 그 자체였으나 옹기장이의 눈에는 흠이 있었던 모양이었다. 폭풍우가 지나간 듯 박살이 난 독 사이로 망치를 든 옹기장이의 표정은 비장했다. 나는 그들의 표정에서 범접할 수 없는 위엄을 느꼈다. 자신의 분신 같은 독을 부수는 일은 스스로 가슴에 비수를 꽂는 듯 아팠을 것이다.

그때부터였을까. 나는 틀린 숙제를 지우고 다시 하는 것이 그렇게 힘들진 않았다. 몇 달이나 걸려 만든 독을 모두 깨트리고 처음부터 다시 시작하는 옹기장이의 수고에 비하면 내 숙제는 별것 아니라고 생각했다. 번진 도화지에 다시 그림을 그리는 것도 찰흙으로 만든 숙제가 두 동강이 나 부러져 버리는 것도 옹기장이를 생각하면 오히려 다행스러운 일이었다. 내가 절망 속에서 다시 도전할 수 있는 용기를 배운 것도 그때부터가 아니었을까.

우리는 옹기장이와 마찬가지로 독을 귀하게 대했다. 마당에 늘어선 독을 보며 흠이 있는 독은 재빨리 옹기장이에게 알려 주었다. 독을 만드는 순서를 가늠해 보고 마당에 늘어 선 독이 언제쯤이면 가마로 갈지 점쳐보곤 했다. 옹기장이들은 그런 우리를 반겼으며 우리 또한 옹기장이들을 좋아했다. 마음이 넓은 옹기장이는 우리에게 옹기 만드는 법을 가르쳐주곤 했는데 가끔은 물레를 돌려보는 행운도 거머쥐었다.

잘 마른 독이 가마에 들어가는 날이면 우리 또한 대단한 일이 생긴 것처럼 떠들어댔다. 흥분된 모습으로 독이 가마 속에 차곡차곡 쌓이는 모습을 신기한 듯 쳐다보았다. 독을 넣고 가마를 닫은 후에 옹기장이들은 고사를 지냈다. 돼지머리를 상에 차려놓고 절을 했다. 그러고는 가마에 불을 지폈다.

불을 때는 모습은 군불을 지피는 모습과는 아주 달랐다. 흙에 혼을 불어넣는 과정인 듯 불길이 대단했다. 나는 가마 속 불길 보는 것을 좋아했다. 더러운 먼지나 내 마음속 욕심까지 불길 속에 태워져 사라지는 것 같았다. 옹기장이들 또한 그간의 노고를 불길에 태우듯 그렇게 불길을 지켰다. 불길은 몇 날 며칠 타올랐고 마침내 흙은 새로운 모습으로 태어났다.

다시 유치원 교실로 돌아온다. 일곱 살 아이가 흙을 만지다 말고 울음을 터트린다. 컵을 만들고 싶은데 마음대로 되지 않는 모

양이다. 흙을 비벼 지렁이처럼 늘어뜨려 쌓아 올려 보자고 하자
울음을 그친다. 손으로 흙을 만지작거리더니 둥글게 말아 포도
알이라며 자랑까지 한다. 나도 흙의 촉감을 느껴본다. 옹기를 생
각하며 만들었는데 꽃병이 되어 버렸다. 옹기장이는 아무나 되는
것이 아닌가 보다. 흙으로 생명을 창조하는 일은 쉽지 않은 일임
을 안다. 태초에 신이 인간을 만들었을 때 몇 번이나 망치를 들었
을까 궁금해진다.

엄마의 무릎

　태옥이를 회상하는 것은 내 삶의 어린 시절을 회상하는 것이다. 어려운 그 시절을 이겨낸 것 같아 보릿고개를 넘긴 계절처럼 삶의 추억이 아릿하다. 분명 태옥이도 그럴 것이다. 성숙한 아픔은 추억의 씨앗이 된다는 것을 깨닫는다. 엄마의 무릎이 그리운 계절이다.

　태옥이는 나보다 한 살 많았다. 좁은 방천길을 지나면 윗동네가 나오는데 그중에서도 가장 허름한 집이 태옥이네 집이다. 태옥이네 집은 가족들이 도시로 떠나자 집터만 남긴 채 허물어졌다. 학교에 가기 위해 책보를 메고 좁은 방천길을 따라 내려오는 태옥이를 기억한다. 풀이 우거진 방천길을 걷다 보면 우리 집 대문 앞을 지나치게 된다. 학교 갔다 오는 길에 화장실이 급하면 태옥이는 빠끔히 양철 대문을 밀고 화장실로 향한다. 볼일이 끝나면 한마디 소리도 없이 사라진다. 수줍게 피어난 나팔꽃 얼굴에 단발머리를 한 태옥이는 누가 봐도 얌전한 아이다. 부끄러워 말도 못 하고 고개만 숙이며 인사하는 태옥이는 우리와도 일가친척이다. 방천길 풀숲에 누운 뱀을 만나면 비명을 지른다. 비명에 내다보면 뱀도 태옥이도 언제 그랬냐는 듯 저만치 멀어져 갔다.

언젠가부터 태옥이가 보이지 않았다. 학교를 마치고 윗마을로 올라가는 아이들의 무리 속에서도 찾을 수가 없었다. 풀숲에 숨어든 뱀에 놀라 비명을 지르는 태옥이의 목소리도 더 이상 들리지 않는다. 윗마을 아이들은 팔려갔다고도 하고, 전학을 갔다고도 했다. 태옥이의 신변에 필시 무슨 일이 생겼다고 짐작할 때쯤 이웃집 아주머니가 태옥이 이야기를 꺼낸다. 마당에 들어서자마자 장독대 위 엎어놓은 바가지로 찬물 한 바가지를 들이켜며 열 오른 속을 식힌다. 반갑다고 달려드는 똥개도 손을 저어 쫓으며 툇마루를 닦는 어머니를 불러 꼿꼿이 앉힌다.

"소문 들었나? 교장댁에 태옥이가 갔다 하네. 기어이 태옥이를 양녀로 데려갔다 하네. 하느님도 무심하시지. 그래 학식 있고 잘나가는 집도 아가 없으니 별수 없는 거라. 아들도 아니고 딸이라도 데리고 가는 거 보면. 그런데 머리가 저렇게 굵은데 저거 엄마 찾아가지 않겠나? 실컷 키워 놔 봐도 한마을에 살고서 크면 엄마 찾아가겠지. 교장댁은 말짱 도로묵 되는 기라. 그걸 알 낀데. 그래도 아가 없으니 키울라 하는가 봐. 생판 모르는 남보다 친척뻘 되니 서로 안 낫겠나. 그런데 태옥이 엄마는 태옥이 보내 놓고 어쩐다 카더노. 아를 떼놓고 어떻게 살라고…."

교장댁은 우리 동네에서 제일 큰 현대식 집에 살고 있었다. 남편이 대구에서 교장을 하고 있어 교장댁이라고 불렀다. 집도 크고 사는 데도 어려움이 없는데 아이가 없어 늘 동네 사람들의 입방아에 올랐다. 세월이 흘러도 아이에 대한 미련을 못 버렸는지 결국 먼 친척인 태옥이를 양녀로 들인 것이다.

태옥이가 양녀로 갔다는 소식에 나의 가슴은 콩닥콩닥했다. 애초에 교장댁에 양녀로 갈 사람은 나였기 때문이다. 딸이 네 명이나 되고 교장댁과도 친척뻘이며 태옥이보다 어린 내가 낫다는 판단에서 교장댁은 나를 원했었다.

몇 달 전 교장댁이 우리 집을 방문했다. 자는 나를 깨워 마당으로 내쫓고 불도 없는 컴컴한 방 안에서 그 속내를 드러냈다. 방 근처에는 얼씬도 못 하게 한 채 신발도 댓돌 밑으로 숨겼다. 나지막이 들리는 말소리에 엄마의 울음소리 같은 것이 흘러나왔다. 말을 마친 교장댁은 짙은 남색 치마를 펄럭이며 댓돌 위 고무신을 찾았다. 나를 불러 툇마루에 앉히고는 말을 건넸다. 어머니의 이슬 맺힌 눈빛이 그 뒤를 쫓고 있었다.

"너 우리 집에 가서 살래? 내가 대학 공부까지 시켜 줄게. 방도 많아서 네 방도 있다."

차분하고 위엄 있는 교장댁의 목소리에 전율이 일었다. 아무것도 모르는 어린 나지만 어머니 표정에서 예사롭지 않음을 느꼈다.

'교장댁을 따라 가볼까? 엄마가 보고 싶으면 우리 집에 다시 오면 되지. 저 집은 집도 크고 부자라고 하던데. 제사에만 먹을 수 있는 곶감도 마음대로 먹을 수 있을 것이고, 분홍색 원피스도 사 주겠지. 아니다. 엄마가 나를 팔아 버리면 어떡하지? 우리 엄마가 바뀌는 거야? 언니들도 사라지고?'

나는 갈등하기 시작했다. 양녀의 개념을 잘 모르는 나는 친척 집에 갔다가 집에 오고 싶으면 언제든 오면 되는 정도로 인식했다. 단지 엄마와 떨어져 살아야 한다는 것에 슬펐다가 금방 동화 속 공주처럼 아름다운 원피스를 입은 내 모습을 떠올렸다. 단지 어머니의 표정에서 심각하다는 것을 느끼는 정도였다.

밭일을 나갔던 아버지가 돌아오자 어머니는 낮에 교장댁이 다녀간 이야기를 했다. 낮달처럼 둥근 달빛에 아버지의 시퍼런 한숨이 섞였다.

"한동네에 살고 있는데 애가 집에 와 버리지 거기 가서 살라 한다고 살겠소? 배고파도 어찌 되겠지. 애를 보내 놓고 우예 살겠소. 대학 공부야 못 시켜도 육 남매 거미줄이야 치겠나. 고만 없었던 일로 한다 하소."

툇마루에 비친 달이 댓돌을 뚫고 방을 훤히 비추고 있었다. 옹기종기 누운 모습 위로 달빛이 스며들었다. 댓돌 위 신발들도 한 가족처럼 누워 있었다. 나는 부모님의 한숨 속에 꿈결인 듯 잠결인 듯 밤을 보냈다. 멋진 양장 차림의 대학생이 되어서 엄마를 찾아오는 꿈을 꾸다가 재투성이가 된 신데렐라 옷을 입었다가 나의 꿈은 밤새 오락가락했다.

마을을 가로지르는 골목길을 내려가면 버스 정류장에서 멀지 않은 모퉁이에 큰 현대식 집이 나온다. 동네에서 텔레비전이 있는 유일한 집, 태옥이의 새 집이다. 나뭇잎처럼 얽힌 골목길을 걸어 태옥이가 살고 있는 교장댁 대문 앞에 섰다. 파란색인 교장댁 대문은 항상 닫혀 있었다. 태옥이를 위한 배려라고 했다. 나는 태옥이가 도망가지 못하게 대문을 잠가 놓는 것으로 생각했다.

나 대신 태옥이가 보내졌다며 골목 어딘가에서 동네 아주머니들이 수군거렸다. 태옥이가 나 대신 보내졌다는 것을 알고는 안도의 한숨을 쉬면서도 마음 한구석엔 미안함이 도사렸다. 계모의 부정을 잡아내기라도 해야 할 것처럼 틈만 나면 교장댁 대문을 기웃거렸다. 마음 한쪽에는 태옥이의 새집 생활도 궁금했다.

대문 사이로 얼굴을 내밀고 교장댁을 염탐했다. 교장댁 대청마루는 기름이 칠해져 반질거렸다. 장독대며 마당도 늘 깔끔하게 정돈되어 있었다. 태옥이가 거주하게 되는 아래채도 새로 도배를 하고 칠을 했다고 했다. 간간이 인기척이 들리는 것으로 보아 태옥이가 항상 혼자 지내는 것은 아닌 것 같았다.

마당에서 교장댁과 태옥이의 말소리가 들렸다. 수돗가에서 교장댁이 뭐라고 말을 하자 태옥이가 까르르 웃는다. 태옥이의 웃음소리를 듣자 피식 웃음이 났다. 가슴속에 맺혀 있던 무언가가 쑥 내려가는 기분이었다. 비로소 마음이 놓였다. 대문을 기웃거리는 날도, 혼자 방을 사용해 무서울 거라는 생각도 점차 희미해져 갔다. 나는 더 이상 대문을 기웃거리지 않았다.

내가 태옥이를 떠올리게 된 것은 고등학교를 졸업하고 대학 시험을 본 후였다. 불현듯 기억 속에 태옥이가 떠올랐다. 태옥이의 옛집은 이미 허물어졌고 교장댁도 오래전에 도시로 이사 간 후였다. 내가 태옥이에 관해서 이야기를 꺼내자 엄마는 놀란 듯 얼버무렸다. 나는 가만히 엄마의 무릎을 베고 누웠다. 엄마는 나의 머리를 쓰다듬으며 원래의 집으로 돌아간 태옥이를 떠올리는 듯했다. 나는 꿈속에서 지난날을 회상했다. 엄마의 무릎은 편안했다.

붉은 명찰

　　직장에서 연수를 갔다. 직업과 관련된 연수이다 보니 같은 일을 하는 사람들이 모였다. 입구에서 소속과 이름이 적힌 명찰을 준다. 흰색 바탕에 함초롬돋움체의 이름 석 자가 반듯하게 적혀 있다. 깔끔하고 단정해 보여 기분이 좋아진다. 명찰만 목에 걸었을 뿐인데 몸도 행동도 반듯해진다. 명찰이 사람을 대표하기 때문이리라.

　　내가 명찰에 대해서 추억하는 것은 중학교 시절이다. 우리 학교는 남녀공학이었다. 겉으로 나타내지는 않았지만 다들 좋아하는 학생 한 명쯤은 가슴에 품고 있었다. 여학생은 남학생을 향해 내숭을 떨었고 남학생은 좋아하는 여학생을 향해 연애편지를 쓰기도 했다. 대부분은 좋아한다 말 한번 건네지 못하고 그저 속으로만 앓았는데 그래도 이름 정도는 쉽게 알 수 있었다. 학교에서는 명찰을 달고 있었기 때문이다.

　명찰의 색깔은 학년별로 달랐다. 1학년은 노란색이었고 2학년은 초록색, 3학년은 붉은색이었다. 우리는 명찰이 같으면 동급생으로 알고 서로 친하게 지내기도 했다. 학교가 끝나면 명찰을 뒤집어 왼쪽 가슴 윗주머니에 넣어 보관했는데 수업이 끝나고도 그것이 밖으로 나와 있으면 좋아하는 학생이 있다는 신호라고 생각했다. 요즘 학생들이 좋아하는 학생에게 명찰을 건네듯이 우리 또한 명찰을 이용해 마음을 전하곤 했다. 좋아하는 남학생 앞에서는 일부러 명찰을 만지작거리는 시늉을 하였다. 눈치 없는 학생들은 그것조차도 알아차리지 못했다. 그러면 넌지시 주변 친구들이 눈치 채고 서로를 연결시켜 주기도 하였다.

　『주홍글씨』처럼 붉은색 명찰을 유독 싫어하던 내가 버스에서 명찰을 달고 다녔던 이유는 순전히 J 때문이었다. J는 고등학생이며 도시에서 우리 마을로 이사를 왔다. 나보다 두 살 위인 남학생이었는데 대구까지 한 시간이나 넘는 거리를 매일 통학했다. 버스에서 그를 처음으로 보았다. 그는 영어 단어를 외우고 있었다. 친구들과 잡담을 하거나 장난을 치는 우리들과는 달리 J는 늘 단어를 외거나 국사나 사회를 요약한 쪽지를 암기하고 있었다.

　우리 학교를 졸업하고 고등학교에 다니고 있는 선배들은 그를 공부도 제법 잘하는 모범생이라고 했다. 나는 J가 시골에 어울리는 사람이 아니라고 생각했지만 황순원의 「소나기」 같은 순수한 사랑을 그리며 그를 바라보았다. 소녀와 소년의 위치만 바꾸면

소나기 속 배경과 비슷하다며 스스로 다짐하고 있었다. 나는 그때 『주홍글씨』를 읽고 있었는데 헤스트 프린이 사랑한 청년 목사 딤즈 데일에 그를 견주어 보면서 그에게 빠졌다. 버스에서 그를 만나는 날이면 내 얼굴은 가을볕에 익어가는 감처럼 붉어졌다.

그해에 나는 학급 반장을 하고 있었다. 명찰에는 반장 표시로 세 줄의 붉은 선이 새겨져 있었는데 나는 그 삼선을 그에게 자랑하고 싶었다. 그것은 나도 모범생이나 다름없으니 나를 그의 관점에서 봐 달라고 하는 무언의 자랑이었다. 반장이 별것 아니라는 것을 알았지만 내가 그 앞에서 내세울 수 있는 유일한 것은 삼선뿐이었다.

그와 나는 종종 같은 버스를 탔는데 버스에 오르면 나는 늘 빈자리를 찾는 척 J를 찾았다. 슬며시 그에게로 가 옆에서 얼쩡거렸다. 그가 없는 날은 그가 앉았던 자리에 앉아 뽑아낸 풀처럼 시들어 집으로 향했다. 어떤 때는 그와 내가 주인공인 러브스토리를 상상해 창문으로 비치는 내 모습에 스스로가 부끄러워 얼굴을 붉혔다.

그날은 J가 뒷좌석 근처에 앉아있었다. 행여 마주칠까 몇 날 며칠 명찰을 밖으로 낸 채 버스에 올랐는데 마침내 내 이름을 알려줄 기회가 온 것이다. 그의 모습을 확인하는 순간 내 심장은 가을볕에 익은 콩처럼 튀어 올랐다. 붉은색 명찰을 만지작거리며 친구를 잡아끌어 그가 앉은 자리로 갔다. 무거운 책가방을 받아주기를 기다리며 꼿꼿이 섰다. 그는 무심한 척 가방을 받아 자기 무릎 위에 얹었다. 나는 모기만 한 목소리로 고맙다며 고개를 숙였다.

'그가 나의 이름을 보았을까?'

열어 놓은 창문으로 가을바람이 불어왔으나 내 뺨과 심장은 더욱 달아올랐다. 그때였다. 옆에 선 친구가 말을 뱉었다.

"희야! 좋아하는 사람 생겼나? 너 명찰이 왜 나와 있어? 남들 보면 오해하겠다. 얼른 집어넣어라. 내가 넣어 줄게."

친절한 친구는 나의 왼쪽 가슴에 달린 명찰을 휙 뒤집더니 그대로 주머니 속에 넣어 버린다.

"아, 내 명찰…."

연수 시작 시간이 되었는지 사람들이 명찰을 달고 빈자리를 찾아 앉는다. 나도 자리를 잡는다. 불행인지 다행인지 연수장에는 남자들이 한 명도 없다. 명찰을 습관적으로 만지작거리며 자리를 잡자 사회자가 오늘의 강사를 소개한다. 헉! 유일한 남자다. 가슴 저 밑바닥에서부터 웃음이 났다. 그도 아마 지금쯤이면 저 정도 나이가 되었을 것 같다. 내 이름을 기억하고 있던 J는 지금쯤 어디서 무엇을 하고 있을까. 명찰을 만지작거리며 강의를 듣는다.

로미오와 줄리엣

　　30년 전이었어. 남자와 여자가 주왕산을 찾은 것은 대학 졸업반 2학기였지. 시외버스터미널에서 청송 주왕산으로 향하는 버스를 탄 거야. 졸업을 앞두고 남자도 여자도 바쁜 날들이었지만 여자는 남자의 성화에 못 이기는 척 따라나섰지. 졸업 후 진로가 불투명한 상황이었으나 연애가 어찌 이성적인 판단으로 유혹을 물리칠 수 있겠어. 그 남자도 그 여자도 이미 뇌에서는 세로토닌과 도파민이 흐르고 있었던 거야.

　버스에서 그 남자는 괴테 이야기를 했지. 수많은 여인들에게 구애를 하고 연애편지를 쓴 괴테가 대단하다고 말했어. 그는 유명한 문학가였지만 바람둥이 기질이 있다며 여자는 대문호 괴테를 매몰차게 비난했지. 남자는 『테스』 이야기도 했어. 영문학을 함께 공부한 사이라 여자도 남자도 『테스』는 잘 알고 있었지. 남자는 『테스』를 좋아했으나 여자는 불쌍한 사랑이라며 좋아하지 않았어. 『로미오와 줄리엣』에까지 사랑 이야기가 번졌어. 셰익스피어는 영미 희곡 교수님이 워낙 강조해서 상식이 되어 있었지.

여자는 어린 시절 염소를 먹이며 읽었던 『로미오와 줄리엣』의 러브스토리를 진지하게 이야기했어. 남자도 함께 공감한다고 했지. 여자는 죽음의 사랑이 아닌 살아있는 사랑을 하고 싶다고 했어. 그러자 남자는 자신의 손을 여자의 손 위에 포개며 살아있는 절절한 사랑을 한번 해 보자고 했지. 여자는 손을 그대로 둔 채 모른 척 창밖을 응시했어. 창밖엔 8분 전 태양에서 쏘아 내린 빛이 사랑을 관장하듯 출렁이고 있었어.

버스에서 내린 그들은 주왕산을 향해 걸었지. 용추 폭포로 향하는 길목에서 남자는 여자를 데리고 어딘가로 들어갔어. 사람들의 눈을 피해 숲 속 계곡물을 찾아냈지. 둘만의 오붓한 시간을 보내고 싶었던 거야. 여자도 꼭 산을 오르고 싶은 생각은 없었어. 주왕산 여행은 연애를 하기 위한 핑계였다는 것을 여자도 알고 있었던 거야.

둘은 바위에 걸터앉아 개울물에 손을 담그며 물장난을 쳤지. 남자는 가지고 온 음료수를 열어 목마르지 않느냐며 여자에게 권했고, 여자는 입을 대지 않고 먹다가 얼굴에 조금 흘렸어. 남자는 재빨리 갈색 체크 손수건을 주머니에서 꺼내 여자의 얼굴을 닦아주었고, 여자는 음료수 병을 남자가 마시도록 건네주었지. 음료수를 서로 나눠 마시며 물장난을 치던 여자가 잠시 침묵을 지켰어. 마침내 남자가 어색한 침묵을 깨며 청혼하듯 말을 뱉었지.

"저, 결혼을 전제로 한번 사귀어 보고 싶습니다."

몇 번 만나지도 않았는데 결혼을 전제로 사귀어 보자는 남자의 말에 여자는 얼굴을 붉혔어. 그러나 남자의 저돌적인 말이 꼭 싫지만은 않았던 거야. 결국 그 남자와 그 여자는 이듬해 주왕산 단풍이 시작되는 계절에 결혼을 했지. 『로미오와 줄리엣』의 이별 사랑 같은 것은 없었던 거야. 절절한 사랑이 있었는지는 그 여자와 그 남자만의 비밀이었어. 사랑은 원래 둘만의 것이니까. 그렇게 둘은 부부가 된 거야. 여자는 나가 되고 남자는 그가 된 거지.

30년이 지난 지금 그와 나는 다시 주왕산을 찾았어. 폭포도 그대로고 거인의 얼굴 모양을 한 시루봉도 그 자리 그대로 있어. 우리의 사랑도 변한 것 같지는 않아. 그런데 더 이상 세로토닌이나 도파민 같은 것이 뇌를 장악하고 있지는 않은가 봐. 오히려 에스트로겐이 필요하다고 소리쳐.

그는 염색을 해야 할 정도로 머리가 희끗해졌고 나는 통통하던 볼살이 빠져 주름살이 늘어났어. 그의 목소리는 중후해졌고 나의 목소리는 허스키해졌어. 우린 둘 다 키가 조금 줄어든 것 같아. 세월이 지나면 키가 자라야 하는데 중력의 힘은 우릴 가만두지 않는가 봐. 남들은 우리를 중년이라고 불러. 그도 나도 우리는 아직 30년 전 우리인 것 같은데.

"줄리엣, 로미오입니다. 먹고 싶은 것은 무엇이든 다 사주겠습니다."라며 그가 나를 카페로 데리고 가. 나는 그의 모습이 그 옛

날 문학하는 청년을 보는 것 같아 싫지는 않아. 마음에도 미세한 두근거림이 있는지 기분도 좋아져. 우린 아메리카노를 시켜 빨대를 한 개만 꽂았어. 그와 내가 한 모금씩 나눠 마시지. 그는 이제 나 같고 나는 이제 그인 것 같아 빨대 하나로도 충분한가 봐. 부부란 빨대를 한 개만 꽂는 그런 사이야.

우린 이제 가던 길을 마저 가고 있어. 그가 어느 길로 갈 것인지는 묻지 않아도 돼. 그는 안전한 곳에 나를 데려갈 것이고 나는 그가 가는 곳이면 어디든 따라갈 거야. 부부란 100년이 지나도 남아 있는 암각화의 흔적 같은 존재라고 했어. 거미줄인지 쇠사슬인지 알지 못하지만 서로를 묶어 영원히 함께 걸어가는 것이 부부라고 시인은 노래한대. 우린 그렇게 걸어갈 거야. 그가 나를 노래 부르고 내가 그를 새기듯 그렇게 걸어가는 거야. 우린 부부니까.

그는 또다시 나에게 말해.

"줄리엣, 로미오가 마음에 듭니까?"

정情 때문에

　　　시골에서 함께 자란 친구들을 오랜만에 만났다. 이런저런 안부를 묻다가 B가 느닷없이 개 이야기를 꺼낸다. B에게 애완견이 생겼다는 것이다.

　　텔레비전도 귀했던 유년 시절 우리는 개를 개로 보았지, 애완견으로 보지는 않았었다. 좋아는 했지만, 애완견으로 키울 정도로 애착이 깊은 것도 아니었고 개를 애완동물로 키우는 시절도 아니었다. 그 시절 개는 먹다 남은 음식을 처리하거나 집을 지키기 위한 목적으로 한두 마리쯤 키우는 동물에 불과했다. 소나 염소처럼 큰돈이 되는 것도 아니어서 있어도 그만 없어도 그만이었다. 그저 사람의 말귀를 잘 알아듣고 주인을 잘 따르니 그것 때문에 한두 마리쯤 얻어 키우는 것이 전부였다.

　　시대가 변했다. 십 년이면 강산도 변한다더니 동물에 대한 인식도 많이 달라졌다. 거기다 개는 반려견으로 자리를 잡아 재산 상속까지 받는 경우도 있으니 '개 팔자가 상팔자'인 시대가 온 것이다. 인간보다 더 좋은 대우를 받는 개들도 많은 것을 보면 개들의 전성시대가 도래한 것이다.

B는 강아지 한 마리가 생겼다고 했다. 며칠만 돌보아 달라고 해 데리고 있었는데 주인에게 사정이 생겨 어쩔 수 없이 키우게 되었다고 한다. 밥도 챙겨 주고 목욕도 시키고 놀아주기까지 하다 보니 제법 정이 들었다. 밤이 되면 슬금슬금 품속으로 들어와 몸을 비비는 것이 어린아이처럼 귀엽고 기특하기까지 하였다고 한다. 외출했다가 돌아와도 제일 먼저 뛰어와 안기니 자연스레 가족의 반열에 올랐다고 했다. 미용도 시키고 예방접종도 하며 옷도 사 입히니 마치 늦둥이를 키우는 것 같았다고도 했다.

그런 B에게도 고민이 있었다고 한다. 애완견을 돌보는 일에 돈이 제법 많이 들어가더라는 것이다. 애완견을 제대로 보살피려고 하니 생각지도 못한 돈이 들어가 당황스러웠다고 했다. 털도 깎여야 하고 발톱 손질도 하여야 해서 어린 시절 우리가 키우던 개와는 전혀 달랐다고 한다. 개를 동물로 생각한다면 애완견은 가족의 개념으로 보아야 한다는 것이다. 시대와 가치관의 변화에 따라 개에 대한 대우도 많이 달라졌다.

B는 강아지를 주기적으로 미용실에 데리고 다녔다고 한다. 한번은 집에서 손수 털을 깎아 보았는데 개도 자신도 난리가 아니었단다. 결국은 집에서의 미용을 포기하고 전문 샵을 찾았는데 그

것 또한 쉬운 일은 아니었다고 했다. 미용실에서 털을 깎던 강아지가 미용 도중 몸부림쳐 그만 다치고 말았다는 것이다. 그 후로는 어쩔 수 없이 마취를 하고 미용한다고 했다.

강아지의 마취는 쉬운 일이 아니라고 한다. 피 검사와 몇 가지 검사를 해야 하고 검사에서 이상 소견이 없어야 마취를 할 수 있는데 그것도 마취할 때마다 매번 반복해 검사를 해야 한다. 미용을 위해서 피검사와 마취까지 반복하다 보니 이 일이 진정으로 강아지를 위한 일인가 싶을 때도 있다고 한다. 더군다나 개는 의료보험도 되지 않아 비용 또한 만만치 않다고 했다.

학교 다닐 때부터 절약 정신이 강했고 커피도 몇 잔만 시켜 나누어먹자던 B였기에 충분히 공감이 갔다. 자신을 위해 몇만 원 하는 티셔츠 한 장도 선뜻 사지 못하는 B가 개를 위해서는 얼마나 많은 돈을 쓰며 애정을 쏟고 있을지 상상이 갔다.

B의 개 이야기는 영화관에서 보았던 〈내 어깨 위 고양이, 밥〉이라는 영화를 떠올리게 했다. 노숙자 떠돌이 음악가 제임스와 길고양이 밥이 서로에게 소중한 존재로 변해가는 이야기다. 마약 중독자로 길거리 생활을 하면서도 다친 고양이의 치료를 위해 자신이 가진 돈 전부를 치료비로 지불한다. 제임스는 고양이 밥을 키우면서 점차 자기 삶에 대한 희망을 품게 되는데, 고양이를 통해 한 인간이 어떻게 변화할 수 있는지 영화를 통해 과장 없이 볼 수 있다. 고양이든 강아지든 애완동물을 별로 좋아하지 않는 나였지만 나는 영화를 보는 내내 잔잔한 감동을 느낄 수 있었다.

사랑보다 더 끈끈한 것이 정情이라고 하였다. 부부도 사랑으로 시작하지만 결국은 정으로 살아간다고 하지 않던가. 주인에게서 수천억의 재산을 상속 받은 개는 기네스북에 오르기까지 했다. 천만 원이나 들여 심장 수술을 한 개도 있다고 하니 이 모두가 주인의 정情 때문일 것이다. 정情은 도처에 인 박혀 가슴을 데운다.

퍼플섬

  파랑과 빨강이 겹쳐진 색. 우아함, 화려함을 뜻하는 색이 보라색이다. 보라색은 예로부터 왕실의 색으로 고급스럽고 화려한 색으로 통했다. 도시적인 화사함이 좋아서일까? 나는 보라색을 좋아한다. 딸아이의 이름도 보라로 지었다. 내가 속한 모임에서 퍼플 섬을 간다고 한다. 퍼플섬은 섬 전체가 라벤더색으로 뒤덮인 환상적인 섬이다.

  신안군 무안에 있는 퍼플섬은 입구에 있는 간판부터 보라색이다. 다리며 지붕까지 보라로 수를 놓아 보라색 소인국에 온 착각마저 든다. 사람들조차도 무궁화색이든 라일락색이든 보라색 한두 가지는 몸에 지닌 듯했다. 일행 중 남자 회원 한 명이 바지를 들어 짙은 라벤더색 양말을 자랑한다. 검은 바지에 보라색 양말이라니, 신사처럼 근사했다.

여자 회원과 나는 바다를 가로지르는 퍼플교를 지나 작은 언덕에 올랐다. 그리 높지 않은 언덕에는 이미 연인 한 쌍이 아늑한 섬을 배경으로 사진을 찍고 있었다. 내가 입은 티셔츠와 같은 연보라 국화꽃 원피스를 입은 여자는 머리가 희끗한 남자와 팔짱을 끼며 웃는다.

남자와 여자가 앉아 포즈를 취하는 의자 뒷면에는 '복권에 당첨될 의자'라고 씌어 있다. 누군가가 퍼플섬을 내려다보며 즐길 수 있는 포토 존을 꾸며 소원 의자를 만들어 놓은 모양이다. 복권 당첨될 의자에 앉은 연인은 이미 사랑의 복권이라도 당첨된 듯 행복해 보인다. 연인보다 진한 남편이 있건만 내가 연인들을 부러워하는 것은 무슨 이유일까.

사진 촬영을 마친 연인들이 시야에서 멀어진다. 온기가 채 가시지 않은 의자에 앉아 우리도 사진을 찍는다. 나는 예뻐지는 의자에 앉는다. 복권 의자와 예쁨 의자, 선택에 잠시 망설였으나 동시에 두 의자에 앉을 수는 없다. 선택의 길에서 좀 더 쉬운 길을 선택하듯 나 또한 편하다고 생각되는 의자를 선택한 것이리라.

언덕에서 바라보는 섬은 평화롭고 화사하다. 바다와 하늘 그 사이에 박지도와 반월도가 놓여있다. 퍼플교는 섬과 섬을 잇고 육지와 바다를 잇는다. 자연과 사람을 연결하고 인연과 인연을 연결한다. 하늘과 바다를 연결하듯 그렇게 퍼플교는 세상을 향해 떠 있다. 퍼플교를 건너는 사람들은 가슴 시린 상처들을 잠시 묻어 둔 듯 보라보라하며 보라색 섬으로 빨려 든다. 나도 보라에 빠져 지난날을 회상한다. 볼 수 있는 것이 얼마나 소중한지 미처 깨닫지 못하고 있던 시절이다.

몇 해 전이다. 나는 눈 때문에 절망에 빠져 있었다. 피클을 오이로 만드는 것만큼이나 깊은 절망이었다. 건강검진에서 발견된 눈 질환으로 의사는 내가 실명이 될지도 모른다고 했다. 아무런 증상도 없는데 실명까지 거론하니 의사 말을 무시할 수도 없었다.

병원에 다녀온 날 밤 나는 절망에 빠져 밤길을 걸었다. 불빛 하나 없는 어두운 곳에서 내 눈이 볼 수 없는 때를 대비해 비밀리에 경험을 해보고 싶었던 모양이다. 얼마를 걸었을까. 짙은 향기가 코를 찔렀다. 보지 않아도 라일락꽃임을 알 수 있었다. 코를 묻었다. 살아온 날들을 경험삼아 살아갈 날들에 코가 눈을 대신할 수도 있겠구나 하는 생각에 마음이 울컥했다. 코로 맞은 라일락 향기는 그 밤을 환하게 비추는 것 같았다.

이듬해 남편은 라일락 나무를 심었다. 유난히 보라색 라일락을 좋아하는 것을 눈여겨보았던지 일터 잔디밭 입구에 나무를 심고 '나의 나무'라고 했다. 나의 나무는 금방 꽃을 피웠다. 나무가 꽃이 필 때까지 내 눈은 멀쩡했고 그 후로도 나는 봄이 되면 눈과 코로 라일락을 만났다.

퍼플섬은 봄이 되면 라일락 향으로 가득 찬다고 한다. 라일락의 꽃말은 첫사랑이자 젊은 날의 추억이다. 보라색 섬에 어울리는 보라색 향기는 누군가에겐 따뜻한 눈이 될 것이다. 코가 눈이 되고 눈이 코가 되듯 사랑은 희망이 될 것이다. 젊은 날의 추억을 떠올리며 보라색 다리를 걷는 사람들을 바라본다. 보라색 꽃들이 하늘하늘 춤을 춘다.

    날이 저문다. 배가 출출한지 입구에 있는 보라색 호떡이 눈에 들어온다. 호떡으로 마음을 데운다.

벌레들의 반란

모기 한 마리가 비행을 한다. 무릎이 따끔한 것을 보니 어느새 흡혈귀처럼 피를 빨고 달아났나 보다. 현저하게 몸놀림이 느렸으나 아직도 자기 몸 하나쯤은 가눌 수 있다는 듯 미끄러지듯 빠져나갔다. 손바닥으로 몇 번 쫓았으나 어느새 눈앞에서 사라진다. 벌레들의 반란이다.

남편은 아직도 병원에서 준 약을 바른다. 진드기에 물린 곳에 아침저녁으로 연고를 바르고 있다. 시골 밭에서 예초기를 돌릴 때 묻어왔는지 진드기 한 마리를 달고 왔다. 진드기는 며칠 동안 남편의 몸에서 똬리를 틀었다.

처음에 남편은 새로 생긴 점인 줄 알았단다. 요즘 들어 안 보이던 점들이 하나둘 생겨나고 있었기 때문이다. 진드기는 남편의 몸에서 피를 빨고 있었다. 몇 군데 붉은 반점을 내고 간지럽기까지 하자 그제야 이상 기운을 감지했다. 밝은 불에 비춰보니 미세하게 움직이는 것이 아닌가. 손으로 잡아떼어 보았다. 휴대폰 카메라에 비춰 최대한으로 확대하니 말로만 듣던 진드기였다. 피를 얼마나 빨았는지 몸은 한껏 부푼 상태였다. 한바탕 난리가 났다.

범인의 행적을 쫓듯 그간 남편의 행적을 쫓아 보았다. 나무를 심어 놓은 밭에 웃자란 풀을 벤 것이 원인으로 지목된다. 풀밭에서 터를 잡고 있는 자신들의 영역에 침범했다고 반란을 일으킨 것일까. 그것도 아니면 불도저 같은 예초기 소리에 놀라 뛰어든 것이 하필이면 사람의 사타구니 속이었단 말인가.

인터넷을 뒤져 진드기에 대한 정보를 캐기 시작했다. 다행히 진드기는 모든 개체가 바이러스를 품고 있는 것은 아니라고 한다. 백 마리에 한 마리쯤 사람에게 해로운 바이러스를 품고 있다고 하고 치사율도 그렇게 높지 않다고 하니 일단은 안심이 되었다. 열도 없으며 붉은 반점에 부풀어 오른 상처 외에는 특별한 증상이 없는 것 같아서 살인진드기는 아닌 듯했다. 천만다행이었다.

진드기 퇴치를 위해 한바탕 소동을 치르고 나니 남편의 안색이 눈에 들어왔다. 자신의 몸에 붙은 진드기를 보고 다소 놀란 듯했다. 진드기가 몇 날 며칠 동안 자기 몸에 기생하고 있었는데도 알아차리지 못한 것에 놀라는 것 같았고, 사람의 목숨까지도 위협할 수 있는 해충이라는 사실에 더욱 놀라는 듯했다. 남자라고 하나 사람의 목숨까지도 위협하는 벌레인데 어떻게 무신경할 수 있었겠는가. 나라면 호들갑을 떨고 응급실이라도 당장에 쫓아갔을 텐데 덤덤히 내일 병원에 가겠다는 남편을 보니 가장의 위엄威嚴이 느껴졌다.

주말마다 시골에 가는 남편이 도시 생활에서 벗어나고 농사일 하며 여가를 즐긴다고 생각했는데, 사람의 목숨까지 위협하는 벌레에게 공격당하니 무작정 그냥 두고 볼 일은 아니었다. 더군다나 얼마 전에는 나무 전지를 하다가 머리를 다친 적도 있어 걱정이 되기 시작했다. 내친김에 남편에게 말을 꺼냈다. 농사일을 줄이고 시골 가는 것도 줄여보면 어떻겠냐고 했더니 묵묵부답이다.

남편은 농사꾼의 아들로 태어나 직장을 다니면서도 늘 밭을 일군다. 아버지가 농사짓던 논밭이 황폐해지는 것을 보지 못하겠다는 것이 이유다. 농사를 짓던 시아버지가 돌아가신 후 논밭이 그대로 멈춰버리자 아버지가 서운해하실 거라며 시작한 일이 해마다 힘에 겹다.

주말마다 시골에 가지만 일손이 모자라 늘 저녁 늦게까지 농사일하다 온다. 주어진 시간에 바삐 일하다 보니 여기저기 다쳐오기도 하고 점심을 건너뛰기도 한다. 돈이 되는 것도 아니고, 먹을 양식이 없는 것도 아닌데 고생을 사서 하는 남편을 보면 가끔 이해가 가지 않을 때도 있다. 채소며 나무가 탐스러운 열매를 맺는 모습을 보면 잘 자란 자식처럼 그렇게 고마울 수가 없단다. 아무리 힘들어도 정성들여 가꾼 작물에서 튼실한 열매가 맺히면 모든 고단함이 사라진단다. 아버지도 이 맛에 농사를 지었을 것이라며 아버지와 대화하듯 식물과도 이야기를 나눈다.

남편은 벌레와 전쟁을 한다. 어떤 날은 벌레를 죽이기 위하여 천적을 풀어놓고, 어떤 날은 작물을 살리기 위하여 또 다른 벌레를 풀어놓는다. 식물에 해로운 벌레는 인간에게도 해롭다. 인간 세계에서도 해충 같은 사람을 싫어하는 것을 보면 해충은 인간에게도 식물에게도 흠집을 내는 존재인가 보다.

　진드기에게 물린 상처에 연고를 바른 남편은 모기를 향해 돌진한다. 내 무릎의 피를 빨고 간 모기가 남편의 손바닥에서 단박에 꼬꾸라진다. 벌레들의 반란을 진압한 듯 남편이 모기 잡은 것을 슬며시 자랑한다.

고독

자신의 길을 가다 보면

외로움도 고독도 마음의 평화로 변해

새로운 길로 접어들 수 있다

상여소리

어허 어허 너하 넘차 어하
어허 어허 너하 넘차 어하
북망산천이 머다 더니
내 집 앞이 북망 일세
이제 가면 언제 오나
오실 날이나 일러 주오
어허 어허 너하 넘차 어하

상여소리다. 산 자를 위로하고 죽은 자의 영혼을 달래주는 노래, 이승과 저승을 잇는 마지막 의식의 노래다. 아버지의 꽃상여를 앞세우며 산으로 향한다. 상주들의 곡소리에 상두꾼들의 상여소리가 더해 하늘과 땅 사이로 울려 퍼진다. 푸른 하늘도 차가운 엄동설한이다. 상복을 입은 채 아버지의 관을 뒤따른다. 상여소리에 울음을 삼키며 선소리꾼을 바라본다. 아버지가 아닌 다른 사람이 선소리꾼이라는 것이 믿기지 않는 듯 꽃상여 속의 아버지와 북을 잡은 선소리꾼을 번갈아 가며 쳐다본다. 마침내 꽃상여가 곡소리와 함께 일어선다.

아버지는 선소리꾼이었다. 신을 부르는 북을 치며 상여가 나갈 때 상두꾼을 이끄는 선소리꾼. 아버지의 구슬픈 목소리가 메기는 소리를 하면 상두꾼들은 받는소리를 했다. 아버지와 상두꾼들은 미리 연습이라도 한 듯 호흡이 척척 맞았다. 상여가 나가는 날이면 온 마을은 잠시 정적에 잠겼다. 아버지는 모내기를 위해 놉을 맞춰 놓은 날도, 집안에 중요한 행사가 있는 날도 상여가 나가는 날이면 뒤로 미뤘다. 심지어 몸이 아파 몸져누운 날도 상여가 나가는 날이면 자리를 털고 일어났다.

동네에 초상이 나면 제일 먼저 상주들은 아버지를 찾았다. 아버지가 없는 날이면 아주 난처해했다. 먼 이웃 동네에서 선소리꾼을 데려오거나 그것도 여의찮으면 장례 날짜를 아버지가 있는 날로 하루나 이틀 정도 연기하는 듯했다. 죽은 자를 저승으로 데려다주는 길잡이가 아버지밖에 없는 듯 사람들은 초상만 나면 아버지를 찾았다.

북을 들고 상여의 선두에 선 아버지를 처음으로 보았을 때 나는 그 자리에 얼어붙고 말았다. 앞에 선 사람이 아버지가 맞는지 몇 번이나 확인하고는 단걸음에 어머니에게로 달려갔다. 상여 앞에 선 아버지를 집으로 데려오기를 떼를 쓰며 졸랐다. 상여는 죽음을 의미했다. 죽음이 지나가는 자리, 맨 앞에 서 있는 아버지를 보자 덜컥 겁이 난 것이다. 어머니도 좋지만은 않은 것 같았으나 내색하지 않으며 나를 안심시켰다. 상여가 나가는 날이면 나는 담벼락 사이로 상여와 아버지의 모습을 지켜보곤 했다. 가까이 가기엔 너무 무서웠으나 멀리서 보기엔 색색의 꽃상여가 서럽도록 아름다웠다. 거기다 아버지의 소리는 신의 소리처럼 신비롭기까지 했다.

둥둥거리는 북을 치며 아버지는 상여를 이끌었다. 이마엔 겨울이라도 땀방울이 맺혔다. 아버지의 소리는 북소리와 어울려 하늘 높이 빨려들었다가 붉은색 만장을 휘감으며 사방으로 퍼졌다. 상주들은 아버지의 소리가 울음을 부르는 무슨 주술이라도 되는 듯 흐느끼며 슬픔의 격정 속에 빠져들었다. 돌다리를 건널 때는 조심스러운 북소리를 냈으며 가파른 산기슭을 오를 때 있는 힘껏 북소리를 울렸다. 평지를 걸을 때는 텅 빈 가슴을 후벼 파듯 망자의 삶을 노래했다. 망자의 한을 달래고 산 자를 위로하는 소리를 내는 사람이 아버지라는 것이 너무나 놀라웠다.

아버지가 뇌출혈로 쓰러진 지 3일 만에 장례를 치른다. 발인일이 다가오자 나는 내심 걱정이 되었다. 선소리꾼 아버지가 없는데 장례가 가능할까? 상여의 길잡이는 누가 하지? 갑작스러운 아버지의 죽음에 슬픔 그 이상에 빠진 어머니에게 물어볼 수도 없는 일. 어머니는 아버지가 돌아가신 마당에 쓸데없는 소리를 한다고 할 것이다. 아니다. 어쩌면 잘 되었다고 할 수도 있겠다. 선소리꾼이 없으면 장례를 못 치르니 아버지를 오래 집에 두고 볼 수 있어 좋다고 하지 않을까? 아버지가 소리를 하러 다시 살아나실지도 모를 일이다. 손님들이 와서 곡을 할 때도 문득문득 그 생각은 사라지지 않았다.

북을 잡은 선소리꾼은 분명 아버지가 아니었다. 상여를 뚫고 관 속에서 터벅터벅 걸어 나와 소리를 할 것이라는 기대는 또 다른 선소리꾼을 보자 허망하게 무너졌다. 비로소 절망의 눈물이 흘러내렸다. 아버지의 부재를 눈물이 알아차린 것이다.

죽음은 사람이 가장 두려워하지만, 누구나 피하지 못하는 인생의 끈이다. 태어나면서부터 그것은 시작된다. 끈을 붙잡고 살다가 주어진 만큼의 길이에 도달하면 누구나 그것을 놓아 버린다. 북망산천이 바로 내 집 앞이 되는 것이다. 수많은 죽음을 목격한 아버지는 그것을 알기에 혼신의 힘으로 망자를 이끈 것은 아닐까. 만사를 제쳐놓고 그들의 마지막 길을 배웅했는지도 모른다. 상여를 화려하게 치장하여 노래를 불러 죽음의 두려움을 벗어나게 하려는 것은 망자도 산 자도 함께 바라는 일일 테다.

백 년 집을 이별하고 만년 집을 찾아가는 아버지의 꽃상여가 장지에 닿았다. 아버지라면 자신의 상여 행렬에 어떤 소리를 할까를 생각한다. 갑작스러운 죽음에 원통해할까. 육 남매 자식들을 어머니에게 맡겨놓고 먼저 떠나 미안해할까. 열심히 살았노라 후회 없이 살았노라 노래를 부를까. 한평생 남을 위해 살았으니 천국 간다 자랑할까. 망자들의 길을 열어 줬으니 친구가 많다 할까.

군대 간 아들을 기다리느라 늦게 염한 아버지의 관을 땅에다 누인다. 극락왕생을 빈다. 저승에서 아무런 걱정 없이 행복하기를. 달구질하는 노랫소리에 맞춰 흙을 다진다. 새끼줄에 걸린 노잣돈이 바람에 펄럭인다.

　　　　닭아 닭아 우진 마라 오오오오 달구요오
　　　　니가 울면 날이 샌다 오오오오 달구여오
　　　　날이 새면 나죽는다 오오오오 달구여오
　　　　애지중지 나를 길러 오오오오 달구여오

　날이 저문다.

가시

누구나 가시 하나를 가슴 깊은 곳에 숨겨두고 산다. 보름달이 나에게는 선인장 가시다. 겨울만 되면 가슴 저 밑에 꼭꼭 숨겨둔 가시가 모습을 드러낸다. 아직도 꿈을 꾸듯 그 겨울 보름날에 일어난 일들이 눈앞에 펼쳐진다. 그날은 겨울이라고 해도 날이 너무나 추웠다.

어머니와 식구들은 모두 외가에 잔치가 있어 집에는 아버지만 있었다. 아버지가 왜 외가 잔치에 가시지 않았는지는 알 수 없었다. 어머니와 함께 외가에 간 나는 어머니가 하룻밤을 묵고 오신다기에 괜스레 먼저 집으로 오는 버스에 올랐다. 군불을 지피는 굴뚝에는 연기가 무럭무럭 피어오르고 해거름에 햇살은 산 중턱에 걸려 잠시 쉬어 가고 있었다. 자고 온다던 막내딸이 집으로 들어서자 아궁이에 군불을 지피는 아버지는 반갑게 내 이름을 부르며 방으로 들어오셨다. 문지방을 막 넘으려는 바로 그 순간이었다.

"어? 왜 이러지? 어어?"

아버지는 방문을 미처 닫기도 전에 짧은 외마디 소리를 내며 목덜미로 손을 가져가시더니 급기야 그 자리에 고꾸라지듯 풀썩 주저앉았다. 장난인 줄 알고 대수롭지 않게 생각한 나는

"괜찮아요? 아버지! 왜 그러시는데요?"

채 말이 끝나기도 전에 사태는 심각해졌다. 너무 놀라서 무엇을 어떻게 해야 할지 몰랐다. 머릿속은 계속 누군가를 불러야 한다는 생각이었지만 몸은 후들후들 떨고 있을 뿐 꼼짝 못 하고 있었다.

'전화, 전화. 엄마를 불러야 해.'

"아버지, 아버지!"를 부르면서 팔다리를 주물렀지만, 아버지 몸은 점점 굳어지는 것 같았다. 조금씩 외마디로 내 이름을 부르더니 아무 소리도 못 하고 의식을 잃어가고 있었다. 집에는 전화가 없어 전화가 있는 마을 회관으로 한걸음에 달려갔다.

"아버지! 아버지가 쓰러지셨어요!"

이웃들이 모두 와서 아버지를 주무르고 정신 차리라고 계속 흔들었지만 아버지는 아무 움직임이 없었다. 어머니와 식구들이 얼굴이 하얗게 되어서 집에 도착하는 사이 아버지는 처음보다 상태가 훨씬 나빠져서 병원으로 가게 되었다.

그렇게 추운 날이었건만 추운 것도 별로 느껴지지 않았다. 하늘을 올려다보았다. 둥근 보름달이 환하게 나를 내려다보고 있었다. 나는 보름달을 올려다보며 가슴에 손을 모으고 기도를 올렸

다. 보름달은 나를 교회로 이끌었다. 나는 밤새워 기도했다.

결국 아버지는 하늘나라로 가시고 말았다. 나는 내가 어떻게든 빨리 조처하지 못했던 것이 너무나 가슴이 아팠다.

'내가 외가에서 오지 않았다면 아버지는 괜찮았을까? 내가 마을회관으로 조금만 더 빨리 달려갔다면 괜찮았을까? 귀에서 피가 밖으로 나오게 응급처치를 하였다면 괜찮았을까?'

순식간에 벌어진 일에 나는 아버지가 돌아가셨다는 현실이 받아들여지지 않았다. 학교를 갔다 오면 집에 계실 것만 같아 아버지를 불러 보았다. 몇 날 며칠이 지나도 아버지는 나타나지 않았다. 한 달이 지나고 두 달이 지날 때쯤 다시 기도했다. 딱 한 번만 아버지를 보게 해 달라고, 아버지를 한 번만이라도 볼 수 있으면 무슨 일이든지 시키는 대로 다 하겠다고.

이럴 줄 알았으면 장례를 치르기 전이라도 아버지 얼굴을 많이 보아두는 건데. 여러 날이 지나고 탈상할 때 아버지 사진을 치울 수가 없었다. 아버지 사진을 치우면 영원히 아버지가 돌아오지 않을 것만 같았다. 죽음은 보고 싶은 사람을 아무리 불러도 볼 수 없는 것이라는 걸 그때 처음으로 알게 되었다.

차가운 겨울 동짓달 보름달이 뜨면 꿈을 꾼다. 꿈속에서 늘 아버지를 기다린다. 꿈속에서 아버지는 늘 집에 계시지 않는다. 아버지가 오기를 기다리다 기다리다 꿈에서 깬다. 나는 아직도 가시 하나를 가슴속에 품고 산다. 그 가시는 보름달이다. 보름달은 그리움이다.

행성

집을 나왔다. 늦여름의 밤공기는 서늘했다. 눈에 익은 논두렁 밭두렁 사이로 하얀 달빛이 쏟아지고 있었다. 들판에는 이름 모를 키 작은 나무와 풀들이 간간이 지나가는 바람에 몸을 맡기고 있었다. 아무도 걷지 않은 길, 아무도 지나가지 않은 그 공기 속으로 걸어 들어갔다. 잠들지 못했거나 선잠이 든 풀벌레 소리도 간간이 들렸다. 낮에 염소를 몰고 다니던 산등성이가 손짓을 하고 있었다. 산등성이 품으로 뛰어들기만을 기다리고 있는 것 같았다.

아무 망설임 없이 나만의 공간, 산등성이만 바라보고 걸었다. 달빛 위에 떠서 춤을 추듯 발걸음은 가벼웠다. 길가의 나무들은 병정이 되어 지켜주었고, 시냇물은 들릴 듯 말 듯 노래를 부르듯 이끌었다. 익숙하게 흙다리를 지나 염소들이 풀을 먹던 언덕에 올라섰다.

'여기가 어디일까? 한밤중에 내가 왜 여기까지 왔을까?'

꿈인지 현실인지 분간을 할 수 없었다. 염소도 없었고, 늘 손에 들고 있던 책도 없었다. 큰 짐승이 웅크려 앉은 듯한 산등성 아래 들판에 쏟아지는 달빛이 느리게 흘러가고 있었다. 행성에 온 것 같았다.

염소와 주고받던 대화가 생각났다. 염소는 나의 유일한 친구였다. 엄마에게도 말 못 하는 비밀이야기를 염소에게 털어놓곤 했다. 그러면 염소는 헛기침하며 물끄러미 나를 쳐다보다가 다시 풀을 뜯기 시작했다. 염소가 내 이야기를 듣고 내 편을 들어 준다고 생각했다.

언니에게는 새 옷을 사주고 나는 항상 헌 옷을 입었던 일, 학교 갔다 돌아와 대문을 열면 마당에 그릇과 반찬 밥상이 뒹굴고 있었던 일, 대출금 갚으라고 누가 오면 어머니가 집 뒤 담장에 숨으시고 들에 가셨다고 말하라고 시키셨던 일… 책 이야기도 했다.

로미오와 줄리엣이 가슴 아프게 죽어가던 장면,『데미안』을 읽으며 새가 알을 까고 나오는 이야기, 나타샤의 외로운 유배길,『테스』를 읽고 너무 가슴이 아파 테스를 싫어하게 되었다는 이야기 등 유난히 눈이 크고 맑아서 슬퍼 보이는 뿔이 곱고 윤기가 반지르르한 엄마 염소에게 이 모든 걸 털어놓았다.

엄마 염소는 새끼를 두 마리나 데리고 있었다. 새끼 염소는 엄마 염소 근처에서 풀을 뜯다가 투정을 부릴 때면 엄마 젖을 한 번씩 떠받곤 했다. 그럴 때면 엄마 염소는 젖 뗄 때가 되었는지 한쪽 다리를 들어 뿌리치곤 했다.

염소는 내 목소리를 기억했다. 내가 저녁 늦게 염소를 데리러 산등성이로 향하는 날이면 저 멀리 개울가에서부터 염소가 무서워 우는 울음소리가 들렸다. 무서워하지 말라고 재빨리 염소를 안심시키기 위해 큰 목소리로 염소 소리를 냈다. 그러면 염소는 내 목소리를 듣고 반갑게 대답했다. 염소는 나를 알고 있었다. 염소는 나를 가족으로 받아들이고 있었던 것이다.

책을 읽던 큰 바위가 달빛에 반짝거리고 있었다. 달빛을 받아 차가울 것만 같은 바위에 걸쳐 앉았다. 차가웠지만 따뜻하게 느껴지고 포근한 내 자리였다. 나만의 비밀 아지트에 온 것이다. 산등성이 아래로 병풍처럼 둘러싸인 마을은 깊은 잠에 빠져 있었다. 갑자기 염소가 보고 싶었다. 염소에게 나는 오늘 일어난 내 이야기를 들려주고 싶었다.

오늘 엄마가 병원을 다녀오셨어. 엄마가 몹시 아프신 가 봐. 약을 한 보따리나 받아 왔는데 간에 관한 약이라고 하네. 엄마가 돌아가시면 어떡하지? 얼마 전에도 일하러 도시로 가는 바람에 집안일은 내가 했지. 수제비를 뜨다가 손도 뎄는데. 어머니가 속상하신가 봐. 몸져누웠어. 내가 할 수 있는 일이 아무것도 없어. 빨리 어른이 되었으면 좋겠어. 산등성이를 계속 타고 가면 하늘에 닿을 수 있지 않을까. 하늘은 나를 어른으로 만들어 주지 않을까.

바위에 엎드렸다. 달빛이 기울기 시작했다. 산 그림자가 무섭게 다가왔다. 양철 대문은 조금 열려있었다. 나는 열린 문틈으로 살며시 마당으로 들어섰다. 염소 마구에서 헛기침 하는 염소 소리가 들렸다. 눈이 큰 염소가 나를 기다리고 있는 듯했다. 외양간에서 길게 누운 소가 뒤척이는 소리도 들렸다.

　방의 불은 꺼져 있고, 모두 깊은 잠에 빠져 있었다. 나는 까치발로 청마루가 있는 큰방에 들어가 내 자리를 찾아 누웠다. 달빛을 타고 나만의 행성에 다녀온 사실을 아무에게도 말하지 않으리라. 나는 태아처럼 가슴에 두 손을 꼭 쥐고 웅크린 채 잠이 들었다.

포로

      아프가니스탄이 탈레반에 의해 완전히 장악된 가운데 카불 국제공항이 탈출하려는 사람들로 아수라장이 되었다. 플라스틱 통 안에 방치된 아이의 사진이 인터넷을 달구는가 하면 비행기에 매달려 탈출을 시도하다 목숨을 잃는 사람도 있다. 전쟁이 낳은 참상이다. 더 나은 세상을 위해서라지만 죽음을 동반한 전쟁이 무슨 의미가 있을까? 인간의 탐욕이 전쟁이라는 탈을 쓴 채 사람들 사이를 이간질하고 있는 것은 아닐까?

  휴가를 맞이해 거제도를 찾았다. 고적한 섬을 돌아보며 모처럼의 휴식을 취하려 했으나 아프가니스탄의 전쟁 소식에 거제 포로수용소 유적공원으로 향했다. 거제도의 푸른 바다와는 대조적으로 전쟁의 흔적들은 더운 여름에 지친 마음을 더욱 심란하게 만들었다. 거제 포로수용소는 한국전쟁 당시 남한을 침범한 전쟁 포로들이 머물렀던 곳이다. 거제 포로수용소 유적공원은 6.25전쟁의 참상을 알리는 민족 역사교육 장소로 운영되고 있어 당시의 포로수용소 실상을 그대로 보여준다. 이곳저곳 관람하는 곳마다 당시의 모습들이 살아나는 것 같아 마음이 착잡했다. 반공 포로와 공산 포로들 간의 크고 작은 반목에 폭동까지 생겼다 하니 포로임에도 전쟁은 계속되었던 듯싶다. 휴전 협정이 조인되자 포로 중 일부는 북송되고 반공 포로들은 남한 각지로 흩어졌다 한다. 연고도 없는 남한에서 포로들이 정착하기란 쉽지 않았을 것 같다. 포로라는 생각에 미치자 불현듯 어린 시절 한 사람이 떠오른다. 나는 그를 수상한 사람이라고 생각했었다.

내가 살았던 마을은 하루에 한두 번 버스만 다니는 한적한 시골이었다. 빛바랜 검은색 가방을 멘 그는 우리 마을에서 한 시간이나 더 산 쪽으로 들어가야 하는 산골에 살았다. 그곳은 집도 몇 채 안 되는 깊숙한 마을이어서 사람들이 쉽게 접근할 수 없었다. 그는 산속 어딘가에 숨어 살았는데 가끔씩 몇 채 안 남은 폐가에 내려와 머물다 간다고 했다. 동네 사람들은 그의 존재를 쉬쉬하는 듯했다.

한 달에 한두 번 그는 아랫마을로 내려왔다. 우리 집 뒷담을 가뿐히 넘어와 쌀이며 소금을 얻어 갔다. 낯선 사람이 동네에 출몰하는지 동네 소식도 물어 갔다. 그가 나타나면 어머니는 서둘러 대문부터 걸었다. 방 근처에는 아무도 얼씬거리지 못하게 한 채 신발도 방 안으로 숨겼다. 수상한 사람이 우리 집 주변을 기웃거리지는 않는지 어린 나를 보내 망을 보게 하고, 엄마는 쌀이며 반찬 보따리를 챙겨 그에게 안겼다. 그가 우리 집에 머무르는 시간은 채 몇 분 되지 않았지만 나는 그가 오는 날이면 두려움에 떨며 망을 보았다. 그는 잊을 만하면 우리 집 담을 넘었고 그때마다 나는 불안에 떨었다. 그가 다녀간 밤이면 악몽까지 꾸었다. 나는 더 이상 두려움을 참지 못하고 어머니에게 울먹거리며 말했다.

"엄마, 그 사람 나쁜 사람 아니야? 왜 숨어 살지. 그 사람 도와주지 말자."

어머니는 내가 그를 얼마나 무서워하는지 비로소 아셨는지 나를 안심시켰다.

"그는 나쁜 사람이 아니야. 나라에서도 그 사람을 지켜 주고 있는걸. 걱정할 것 없어."

자세하게 알려주지는 않았으나 나는 어머니의 부드러운 음성에 다소 마음이 놓였다.

그는 한 달에 한 번 버스를 타고 어딘가를 다녀오는 것 같았다. 어머니는 그가 면사무소를 다녀오는 것이라고 했다. 면에 다녀오는 길이면 그는 우리 집에 들러 값을 치렀다. 쌀이며 그동안에 가져간 곡식값인 것 같았다. 그날은 어머니가 그를 위해 파전을 구웠다. 막걸리도 준비해 그를 대접했다.

그가 술을 마시는 날이면 부엌문은 굳게 잠겨 있었다. 어머니가 구워준 파전에 막걸리 한 사발을 들이켜며 그는 속엣말을 했다. 술 취한 그의 목소리는 점차 커져 잠긴 부엌문 사이로 흘러나

왔다. 나는 그의 울음소리에 무척이나 놀랐다. 어른이 우는 것이 이상하기도 하였지만, 그도 우리와 다름없는 연약한 인간임에 더욱 놀랐다. 나는 그가 외롭다고 울음 우는 작은 새처럼 느껴졌다. 그는 한참을 그런 뒤 불그레한 얼굴로 다시 산으로 돌아갔다.

그가 몇 번 더 우리 집에 들렀지만 나는 더 이상 그를 두려워하지 않았다. 어느 날인가부터는 그는 더 이상 담을 넘어 우리 집에 오지 않고 대문 앞에서 어머니를 불렀다. 동네 사람들과도 인사를 나누며 지내는 것 같았다. 그는 자유인이 된 듯 우리와 다름없이 다녔고 나도 그런 그를 허물없이 대했다.

나는 거제 포로수용소 유적공원을 나와 바다로 향했다. 포로가 도망가지 못하게 수용소를 바다가 있는 이곳으로 옮겼다더니 바다는 아름답기만 했다. 더 이상 담장 같은 것은 없었다. 동백꽃이 피고 진 도로를 따라 차를 몰았다.

바다가 바라보이는 카페에 들러 시원한 커피 한 잔에 더위를 식혔다.

독방

　　　　길가에 코스모스가 우울한 가을 날씨를 붙잡고
있다. 하늘이라도 잿빛을 걷어낸다면 찌뿌듯한 날씨가 깨어날 것
이다. 몸도 마음도 뒤틀린 주말 오후다.

　노트북을 꺼내 인터넷 속을 기웃거린다. 처지가 비슷한 다른
사람들의 일상을 마우스 속에서 찾으려는 모양이다. 그것 또한
시들한지 텔레비전 리모컨을 집어 든다. 이런 날에는 발끝부터
끓어오르는 액션 영화나 십이지장까지 촉촉이 적셔줄 드라마가
제격이다. 숨통을 틔게 할 신선한 공기가 될 수도 있을 것이다. 유
럽 땅덩어리의 절반을 가졌던 나폴레옹조차도 자신이 진정으로
재미있게 지낸 건 일생에서 단 엿새뿐이었다고 하지 않던가.

　〈포 라이프FOR LIFE〉라는 제목이 눈길을 끈다. 13부작의 미국
법률 드라마다. 결말을 보려면 주말을 온통 할애해야겠다고 생각

하면서도 시작 버튼을 누르고 만다. 미국에서 인기리에 방영한 드라마라고 하더니 사람의 마음은 국경이 없는 모양이다. 지루하던 마음도 어느새 드라마 속에 빠져든다.

　유색인종의 남자 주인공이 꿈에 그리던 클럽을 열고 기뻐한다. 기쁨도 잠시 동료의 배신으로 마약사범이라는 누명을 쓰고 종신형을 선고받는다. 그는 하루아침에 교도소 신세다. 우여곡절 끝에 감옥 안에서 변호사가 된다. 계획적으로 그에게 올가미를 씌운 권력기관은 그가 무죄라는 사실이 못마땅한 모양이다. 무죄를 증명하기 위해 노력하는 그를 교묘하게 방해한다. 그는 자신의 무죄 증명을 위해 끊임없이 노력한다. 그가 무죄를 증명하기 위해 싸우는 것은 거친 땅에서 싹을 틔우는 것만큼이나 힘에 겹다.

　재소자들은 한결같이 독방을 싫어한다. 교도소에 있는데 독방이 대수냐고 생각하겠지만 그들에겐 독방에 갇히는 것을 또 다른 형벌로 인식한다. 햇빛을 보고 운동할 일정한 시간, 샤워가 보장되는 평범한 일상들을 소중하게 생각한다. 감옥이라서 제한된 평범한 일상이지만 그것마저도 누리지 못할까 봐 두려워한다. 사소한 일상이 그들에겐 가장 중요한 일상이 되는 것이다. 독방은 재소자들에겐 감옥 속의 또 다른 감옥이다.

　어린 시절 나는 나만의 방을 갖기를 최대의 로망으로 여겼다. 육 남매로 늘 복닥거리며 살아 온 나는 독방은 만화 속 주인공이나 가질 수 있는 그런 것으로 생각했다. 일기장 하나 숨길 곳 없는 비좁은 방은 늘 가족들로 붐볐으며 학창 시절 사춘기 또한 그 속에서 지나갔다. 아무런 방해 없이 라디오로 '별이 빛나는 밤에'를 듣는 친구가 그렇게 부러울 수가 없었다.

독방에 대한 로망은 결혼을 통해서 가능해졌다. 남편과 함께 쓰는 공간이었지만 나만의 공간이 생겼다. 남편이 출근한 낮 동안은 방이며 거실이며 하물며 화장실까지도 나를 위한 공간이었다. 일기장뿐만 아니라 비상금을 숨길 장소도 넉넉했다. 밤을 새워 라디오를 듣거나 서부 개척자들의 총잡이 액션 영화를 보는 것쯤은 일도 아니었다. 아무도 나만의 공간을 방해하지 않았으며 남편조차도 간섭하지 않았다.

그런데 참 이상한 일이다. 어느 순간 나는 나만의 공간에 시들해짐을 느낀다. 주말의 무료함조차도 견디기 힘들어한다. 북적거리는 공간이 그립고 사람들 속에 있는 내가 더 편안함을 느낀다. 인간은 더불어 살아가는 존재라고 하더니 인간이 혼자서는 살 수 없음을 알아가는 것이리라.

〈캐스트 어웨이〉의 주인공 척 놀랜드는 무인도에서 배구공에 의지한 채 살았다. 배구공에게 눈과 입을 만들어 주고 윌슨이라 부르며 친구에게 말하듯 했다. 그는 무인도를 떠나올 때 파도에 휩쓸려 떠내려가는 윌슨을 목숨을 걸고 구하려고 했다. 무인도에서 그 오랜 세월을 버틸 수 있었던 것은 윌슨과 사랑하는 연인의 사진 한 장이었다. 인간은 무인도에서도 혼자되는 것을 두려워한다.

어린 시절 북적거리며 산 세월들이 싫지만은 않았던 것 같다. 가족들의 틈 속에서 외롭다는 생각을 하지 않고 자란 것은 가족이

존재만으로도 큰 울타리이기 때문일 것이다. 무인도의 척 놀랜드
나 독방의 재소자들이나 혼자되는 것을 두려워하는 것은 외로움
때문이다. 사람은 언제 어디서든 함께 부대끼며 살아가야 하는
존재임을 알기에. 내 안의 독방을 허문다.

영원한 인간

휴대폰이 울린다. 막 점심상에 숟가락을 들던 참이다. 전화기 너머 끊어진 기타 줄 같은 A의 목소리가 들린다. 시아버지의 제삿날이라 산소에 왔단다. 그동안 제사를 집에서 모셔왔는데 남편이 죽자 이번 제사는 산소를 찾는 것으로 대신하기로 했단다. 시어른의 산소에 먼저 술을 한 잔 올리고 가까이 있는 남편의 산소에 들렀다고 한다.

시댁 식구들은 바쁘다며 먼저 내려가고 혼자서 남편의 산소를 찾았다고 했다. 49재가 막 지난 남편의 산소에서 설 내린 풀을 뜯는데 자신이 뜯긴 풀 신세처럼 초라하게 느껴지더란다. 자신을 고립시키고 있는 친구가 걱정되었으나 나는 아무렇지도 않은 척 전화를 받았다.

"산소에 오래 있지 마. 멧돼지도 여자는 깔본다."

"벌써 잡초가 올라오네. 시골 텃밭에도 잡초가 무성하겠지. 남편이 없으니…."

"이제 출근은 하지?"

"응. 오늘 오프야."

친구는 수간호사였다. 수간호사까지 지낸 자신이 삶과 죽음의 순간에 남편을 지키지 못했다는 자책으로 자신을 괴롭히고 있었다. 간호사가 아닌 의사라고 한들 삶과 죽음의 간극에서 죽음으로부터 도피시킬 수가 있었겠는가.

A의 남편은 뇌출혈이었다. 옆에 누워 함께 잠을 잤는데 잠에서 깼을 때는 이미 손 쓸 틈도 없는 혼수상태였다고 한다. 병원에서 근무하는 동안 중환자를 많이 봤으나 막상 남편이 위급하니 정신이 아득했다고 한다. 중환자실에 남편을 들이고 마음의 준비를하라는 의사의 말이 그렇게도 서운하고 야속했단다.

아무 소식도 듣지 못한 나는 중환자실을 서성이며 눈물짓는 친구에게 모바일 청첩장을 보냈다. 딸의 결혼식을 알리는 청첩장을 그녀에게 보내며 축하해 달라고 했다.

A가 근무했던 병원에서 내 딸은 태어났다. 젊은 시절 A는 산부인과에 근무했었다. 새로운 생명이 태어나는 순간에 산모들의 고통을 나누며 지켜 주었다. 갓 태어난 아기를 수없이 받아 놓고도 친구의 출산 고통은 마음이 아파 못 보겠다며 딸이 태어난 후에야 나타났던 그녀였다.

갓 태어난 딸의 사진을 내 품에 안기며 축하를 해 주던 그녀가 떠듬거리는 목소리로 결혼식에 못 갈 것 같아 미안하다며 울먹였다. 남편이 의식이 없다며 죽음을 예견하는 소식에 나는 너무 쉽게 포기하는 것 아니냐며 다그쳤다. 딸의 결혼에 들뜬 내 마음은 또 다른 세계에 발을 들여놓는 것처럼 아득했다. 삶과 죽음의 간극이 먹물처럼 한순간에 번지고 있었다.

친구의 남편은 저세상으로 갔고 딸은 결혼했다. 나는 슬픔으로 기쁨을 맞았다. 슬픔과 기쁨의 감정들이 두 모습의 얼굴처럼 다가와 울부짖고 있었다. 꽃이 피는 것은 또 다른 꽃이 지는 것이라고, 삶의 시작은 삶의 끝이기도 한 것 같았다. 젖지 않는 꽃은 없다는 시구를 떠올리다가, 아름다운 꽃일수록 비와 바람에 젖은 꽃대를 더 세운다는 시인의 시를 읊조리며 친구를 위로하고 싶었다. 그러나 슬픈 것은 슬픈 것이었고 위로는 쉽게 스며들지 않았다.

여러 감정이 단단한 얼음처럼 뒤섞여 굳었으나 친구도 나도 서로가 괜찮은 척 전화를 끊었다. 식은 점심상에 놓인 숟가락을 들었다. 국은 이미 식었고 밥도 말라 푸석했다. 북엇국에 밥을 적셔서 한술 뜨다가 느닷없이 포항 시립미술관에서 본 송영수 작가의 〈영원한 인간〉을 떠올렸다.

'영원한 인간이란 있을 수 있을까'를 생각하며 발길이 닿은 미술관에는 철을 소재로 한 추상 작품들이 눈길을 끌었다. 사진을 찍고 드로잉을 하며 작품을 구상한 작가의 노트로 작가가 표현하고자 하는 의미를 추측해볼 수 있었다. 작가는 20여 년 동안 작품 활동을 하였고 41세라는 젊은 나이에 세상을 떠났다. 하지만 그의 작품들은 불멸의 작품처럼 '영원한 인간'을 주제로 아직까지 전시되고 있었다.

전쟁 전후 버려진 고철을 이용해 작품을 만든 것이 독자적인 예술의 세계를 구현했다고 하는데 철을 이용한 것은 불멸의 인간을 표현하는 데 적절한 소재라는 생각이 들었다. 생의 형태를 아름답게 표현한 그의 작품은 전문가가 아니어도 숭고한 느낌을 얻을 수 있었다.

누군가를 기억하는 것은 영원히 존재시키는 것이라는 생각을 한다. 남편을 그리워하는 것 또한 '영원한 인간'으로 존재시키는 것일 테다. 삶과 죽음의 간극을 결혼식 날짜를 받듯 알 수는 없지만 삶은 그런 것이리라. '영원한 인간'은 마음먹기에 달렸는지도 모른다.

마이 페이지

　　컴퓨터로 SNS를 하다 보면 내 정보 관리, 마이 페이지 등 자신에 관한 정보가 저장된 곳이 있다. 사이트마다 조금씩 다른 이름으로 불리지만 그 의미는 마이 페이지와 같다. 내 정보가 바뀔 때마다 마이 페이지에 들어가서 정보를 수정한다. 주소도 수정하고 전화번호도 수정하고 비밀번호도 재설정한다. 마이 페이지에 정보를 수정할 때면 가끔 인생도 재설정하고 싶을 때가 있다. 정보를 변경하듯 인생도 재설정할 수 있으면 얼마나 좋을까.

　　얼마 전 텔레비전에서 〈앨리스〉라는 시간 여행에 관한 드라마를 방영했다. 과거와 현재, 미래를 오가며, 어머니의 죽음을 막기 위해 주인공이 동분서주하는 드라마다. 몇 번의 실패 끝에 어머니는 죽음을 면하고 새로운 삶을 시작하게 되는데, 그렇게 되기까지 여러 가지 경우의 사건들이 등장한다. 죽었던 사람이 살아나기도 하고, 있었던 사람이 갑자기 사라지기도 한다. 심지어는 차원이 다른 동일 인물이 나타나 서로가 서로를 알아보고 의아해한다. 이유야 어쨌든 나도 가끔은 인생을 재설정하고 싶거나 과거로 되돌아가고 싶을 때가 있다. 특히 억울한 일이 있을 때는 더욱 그렇다.

우리는 자신이 억울한 일을 당했다고 생각하면 그때를 회상하는 것을 고통스러워한다. 나 또한 기억조차 하기 싫은 고통스러운 일이 있다. 만약 과거로 되돌아갈 수만 있다면 한 번쯤 바로잡고 싶은 그런 일이다.

어린이집을 운영할 때의 일이다. 선생님이 아이를 때렸다며 부모님이 이의를 제기했다. 아이가 입학한 지 얼마 되지 않아 아침마다 부모와 떨어지기 힘들어해 애를 먹고 있었던 참이었다. 어머니는 직장을 다녔고 낮 동안에는 할머니가 아이를 돌보았다.

어린이집을 마치고 집으로 갔는데 엄마는 아이의 얼굴이 빨갛다는 이유로 선생님이 아이를 때린 거 아니냐며 전화를 했다. 그럴 리가 있겠냐며 의사전달도 잘되지 않는 어린아이이니 CCTV라도 보고 오해를 풀자고 했다. 급기야 어머니는 사각지대에서 일어난 일일 수도 있다며 막무가내로 상급 기관에 민원까지 넣었다. 돈까지 요구하며 어린이집을 발칵 뒤집어 놓았다.

교사는 교사대로 억울하다며 병원으로 실려 가고, 나는 나대로 부모님의 횡포에 지칠 대로 지쳤다. 관계기관은 아동학대에 관한

민감한 사항이라 함부로 개입할 수도 없는 상황이었다. 병원에서도 아무 이상이 없다고 하는데 무죄를 증명할 다른 방법이 없었다. 그 일로 인해 여러 가지 불이익까지 당하고 보니 아이들을 돌보며 교육하는 일에 회의감마저 들었다. 세상이 열정만으로 되지 않고 때로는 진실도 통하지 않을 때가 있다는 것을 그때 처음으로 알게 되었다. 과거로 되돌아갈 수만 있다면 사각지대 없이 아이의 일과를 하루도 빠짐없이 녹화해 어머니에게 보여주고 싶은 심정이다.

거짓말 탐지기 휴대용 MRI만 나왔어도 아이를 때렸다는 오해는 풀 수 있었을까. 휴대용 거짓말 탐지기에서 교사가 때리지 않았다고 나온다면 어머니는 뭐라고 할까.

다른 시각에서 어머니의 입장을 이해해 보려고 노력했다. 얼굴에 묻은 침이라도 닦아 준 것을 아이가 맞았다고 오해한 것은 아닌지, 선생님을 충분히 믿고 신뢰하고 있었다면 이런 오해는 없었을까 등, 신뢰와 믿음의 부족을 탓했었다. 입학한 지 얼마 되지 않은 짧은 시간이었지만 신뢰와 믿음이 얼마나 중요한지를 실감하는 순간이었다. 나는 과거로 되돌아가는 타임머신이 있다면 어머니와 함께 그때로 돌아가 아이의 일과를 지켜보고 싶다.

우리는 누구나 과거를 회상하고 미래를 궁금해한다. 과거에 발목 잡혀 현재를 소홀히 하는 사람도 있고, 과거를 발판 삼아 현재를 미래로 향하게 하는 사람도 있다. 과학자들은 시간 여행은 가능할 수도 있지만 별로 실용적이지 않다며 시간 여행으로 인한 인간의 과거와 미래의 부작용들을 염려했다. 생각해 보라. 우리 모두 과거로 가서 로또 당첨 번호를 알고 온다면 로또가 무슨 의미가 있겠는가.

시간은 과거로 흐르지 않는다. 차원이 다른 과거가 있을 뿐이지 시간은 언제나 미래로 흐른다. 현재가 소중한 것은 과거를 발판 삼아 더 나은 미래를 만들라는 의미일 것이다. 마이 페이지에서 자신의 정보를 업데이트하듯 자신의 삶도 업데이트가 필요할 것이다.

컴퓨터 속 마이 페이지에서 비밀번호를 변경한다. 마음의 비밀번호를 변경하듯 나 자신을 업데이트한다.

삭정이

       연휴를 맞아 늦은 점심을 먹고 앞산 등산길에 올랐다. 한겨울 추위가 더욱 매섭게 느껴졌다. 태양도 오늘 같은 추위에는 일찌감치 자취를 감추고 몸을 숨겨버리는 모양이다. 마스크를 낀 입에서는 연신 입김이 흘러나와 안경을 뿌옇게 덮는다. 가뜩이나 걸음도 느린데 안경까지 김이 서리니 몇 번이나 걸음을 멈춘다. 엉거주춤 얼어붙은 나무 그루터기에 앉아 숨 고르기를 하며 겨울잠에 빠져든 나무들을 쳐다본다. 나무들은 잿빛 군상을 이루며 죽었는지 살았는지 미동도 없다.

    가지 하나를 잡아당겨 확인이라도 하듯 살며시 흔들어 본다. 하필이면 삭정이다. 살아있는 가지에 붙어 죽어가고 있는 삭정이. 결국, 부러지기까지 한다. 내가 그의 생명을 앗아간 것은 아닐 텐데 삭정이가 부러지니 가해자가 된 기분이다. 나는 삭정이에 어떤 위해를 가한 것일까? 삭정이는 나에게 어떤 위협을 느낀 것일까? 며칠 전 병원을 다녀온 일이 뇌리에 스친다.

몇 년째 안약을 타러 다니는 병원에서 정기 검진을 받았다. 시야 검사와 시신경 검사, 안압 검사 등 녹내장에 관련된 몇 가지 검사를 받았다. 관리만 잘하면 죽을 때까지 볼 수 있다던 눈이 요즘 들어 부쩍 나빠지고 있는 것 같아 내심 불안이 컸다.

처음 병을 알게 되었을 때 나는 삭정이 하나를 달고 있는 기분이었다. 싱싱한 나무에 언제 떨어져 나갈지 모르는 죽어가는 삭정이 하나. 바람이 불면 금세 부러져 영원히 살아남지 못할 것 같은 공포에 휩싸였다. 어쩌다가 내 눈이 삭정이가 되었는지 몇 번씩이나 병을 곱씹어 보았다.

어린 시절 나는 특별히 나의 눈에 위해를 가한 기억이 없다. 그저 넉넉한 살림이 아니라서 침침한 전등불 밑에서 장시간 책을 본 것, 태양을 똑바로 바라보면 눈이 타버린다는 어른들의 말을 무시한 채 재미 삼아 태양을 몇 번 쳐다본 것. 그것 외에는 딱히 눈에 해를 가한 적이 없다.

눈병 한 번 앓지 않던 눈이 시신경이 죽어가는 원인도 모르는 병에 걸렸다고 하니, 싱싱한 나무 보고 삭정이라고 떼어내는 꼴이었다. 그런데도 내 눈은 안경을 벗으면 사람을 구분하지 못한다는 것 외에 아무런 증상이 없다. 나무 한쪽이 썩어 들어가도 다른 한쪽은 잎이 나고 새 가지가 생기는 것처럼 나도 아무런 증상 없이 일상생활을 하는 것이다. 때로는 의사가 오진한 것은 아닐까

하는 의심마저 든다.

병원에서는 내가 장애의 요건을 갖춘 것 같다며 장애인 진단서를 떼 준다. 경계 단계지만 서류를 준비해 줄 테니 관계기관에 제출해 보라고 한다. 그동안의 경과가 기록된 두꺼운 서류 뭉치를 받아 드는데 기분이 묘했다. 서류 접수를 하고 통과만 된다면 장애인이 되는 순간이었다. 손에 든 서류로 장애와 비장애가 구분된다고 생각하니 서류 하나로 죽을 길과 살길로 갈라서는 마루타가 된 기분이었다. 몇 년간의 검사와 기록들 속에 자신도 인지하지 못하는 사이 내 눈이 볼 수 있는 것과 보지 못하는 것들이 고스란히 기록되어 있었다.

두꺼운 서류 뭉치를 서랍 속에 넣어둔 채 몇 날 며칠을 칩거하며 보냈다. 볼 수 있는 것과 보지 못하는 것들 사이에 고민이 시작되었다. 삭정이를 품고 있는 나무라면 어떻게 할까? 벌레가 나무 속을 샅샅이 헤집는다는 것을 아는 나무 주인이라면 어떻게 할까?

벌레를 잡기 위해 약을 치는 숲은 오래 버티지 못한다고 한다. 숲에 있는 미생물들이 모두 파괴되어 결국은 나무도 말라 버린다는 것이다. 그래서 나무 박사는 벌레를 잡기 위해 새집을 매단다. 새들을 불러들여 나무의 벌레들을 잡는 것이다. 그것이 약을 치는 것보다 당장에는 효과가 느릴 수 있지만 결국은 숲과 나무를 살리는 길이라고 나무 박사는 말한다. 나무는 벌레들의 도움으로 삭정이 신세를 면하게 되는 것이다.

나무에 벌레가 필요하다면 나에게는 어떤 벌레가 필요할까?

나무는 자신의 일부분인 삭정이조차도 소중히 여긴다. 말라비틀어진 삭은 가지라 하더라도 자신의 역할이 있다. 삭정이가 제몫을 다하고 죽으면 흙이 되고, 흙은 또 다른 생명을 틔워 나무를 태어나게 한다. 나무는 잎을 만들고 가지를 뻗게 만든다. 결국 삭정이가 없으면 흙도 없고 나무도 없다. 죽음이란 끝인 동시에 새로운 시작이다. 자연의 품속에서 또 다른 형태의 삶을 살아가는 삭정이처럼 나도 나의 자연에서 현재를 살아간다. 자신의 위치에서 자신의 소임을 다하듯.

보지 못하는 것들에 대한 슬픔으로 볼 수 있는 고마움을 놓치고 있다는 생각이 스쳤다. 장애라는 멍에 속에 또 다른 장애를 품고 있는 것은 아닌지. 볼 수 있는 것들도 등 뒤에 있으면 볼 수가 없다. 돌아서지 않으면 누구나 볼 수 없는 것들이 있는 법. 볼 수 없어 슬퍼할 일도 삭정이를 가지고 있다고 무시할 일도 아닌 듯했다. 어쩌면 우리는 누구나 삭정이 하나쯤은 가지고 있지 않을까?

고개를 들고 찬찬히 나뭇가지를 올려다보았다. 가지 하나하나에서 "이제 그만….." 하는 소리가 들리는 듯했다.

13시간

눈을 뜬다. 거실에 있는 시계가 7시를 알린다. 어깨가 찌뿌듯하다. 거실 바닥에서 얇은 매트를 깔고 잤더니 찬기가 몸에 밴 모양이다. 피곤이 풀리기는커녕 자고 일어나도 개운하지가 않다. 주섬주섬 옷가지를 챙겨 입고 미숫가루를 보온병에 담는다. 집에 먹을 것이 없다며 딸아이가 사다 놓은 빵 한 개와 보온병을 비닐 팩에 담아 가방에 넣는다. 집을 나선다.

지하 주차장에 있는 차에 올라 시동을 건다. 방향지시등을 켜지 않았더니 다른 차량과 방향이 엇갈렸다. 방향지시등으로 방향을 표시하지 않은 탓이다. 겨우 주차장을 빠져나온다. 창문을 내린다. 어제보다 공기가 습하다. 상쾌하지 않은 걸 보니 유월의 무더위가 시작되었나 보다. 유치원으로 향한다.

책상 옆에 가방을 내려놓고 커피를 탄다. 냉커피를 마시고 싶었으나 얼음 통에 얼음이 없다. 더운물과 찬물을 섞은 미지근한 커피와 가방에서 꺼낸 빵 한 개를 접시에 담는다. 휴대폰을 꺼내 사진을 찍는다. 교육받은 것을 연습해봐야 한다는 SNS 강사의 말을 떠올린다. SNS 교육에서 페이스북을 배우고 있다. 찍은 사진을 페이스북에 올리려다가 그만둔다.

커피를 마시며 페이스북에 올라온 소식들을 읽는다. 청소년들끼리 친구를 구타해 사망한 소식이 올라온다. 마음이 아프다. 추모의 댓글을 달려다가 그만둔다. 불쌍한 학생의 소식에 일이 손에 안 잡힌다. 유치원 교육에서부터 인성교육이 얼마나 중요한지를 생각한다. 가해자도 피해자도 없는 세상이었으면 좋겠다.

전화벨이 울린다. 바쁜 일과가 시작된다. 다음 주 학부모 독서 모임을 공지한다. 참석할 수 없다는 댓글에 기가 죽는다. 전화해 볼까 하다가 그만둔다. 참석자의 댓글에 따라 마음이 저울질당해 기분이 별로다.

손님이 온다. 공공기관의 지원금을 받아 실시하는 사업이라 잘 진행되고 있는지 현장을 보러 온 것이라 한다. 차를 한 잔 대접하려고 하자 손님이 거절한다. 김영란법 때문이다. 음료수 하나도 제대로 못 권하는 김영란 법이 세상을 삭막하게 한다. 최소한의 예의조차도 가로막는다.

손님이 가자 닭을 보러 옥상 텃밭으로 올라간다. 유치원 아이들을 위해서 병아리를 키우고 있다. 몇 마리의 병아리는 부화기에서 태어났다. 부화기의 병아리도 엄마가 필요할 것 같아 며칠 전 시골에서 엄마 닭과 병아리도 함께 데려왔다. 옥상에는 부화기에서 태어난 병아리와 엄마 닭이 3주간 품어 태어난 병아리가 함께 있다. 처음에 엄마 닭은 부화기에서 태어난 병아리를 내쫓더니 이제는 제 새끼인 양 함께 보살핀다. 암탉이 날카로운 발로 땅을 파헤쳐 주면 병아리들은 쪼르르 벌레들을 잡아먹는다.

옥상 텃밭에 심어 놓은 상추가 닭들의 먹이와 놀이터가 되어버렸다. 닭장이 좁을 것 같아 문을 열어 놓았더니 옥상 전체를 제집처럼 돌아다닌다. 며칠 전에는 어린 병아리가 한 마리 없어졌다. 4층 높이라 고양이도 못 올라가 안심 하고 있었더니 새가 물고 간 듯했다. 엄마 혼자서 어린 병아리를 간수하기엔 역부족이었나 보다. 닭들이 하루가 다르게 커간다. 아이들을 위해서 시골에서 데려온 닭도 곧 제집으로 돌아갈 것이다. 병아리가 좀 더 자라면 시골로 데려갈 생각이다.

지인이 전시회를 열었다. 병원이 들어선 갤러리에 그림을 전시했다고 해 모임에서 함께 갔다. 주차하기가 어려운 곳이라 차를 두고 간다. 일행들과 약속한 시각보다 일찍 도착했다. 카페에서 기다린다. 쉰이 넘어 보이는 중년의 남자가 커피를 내린다. 간호사들이 전화로 주문을 한다. 전화를 내려놓더니 시간이 오래 걸리는 메뉴를 주문했다며 혼잣말하듯 불평을 늘어놓는다. 일회용품을 못 쓰게 해 설거지 거리가 많다고도 한다. 친구에게 전화가 오자 큰 소리로 받는다. 손님이 있는데도 아랑곳하지 않는 모습이다. 왠지 불편하다.

커피를 들고 밖으로 나와 기다린다. 일행들이 도착하자 갤러리로 올라간다. 작품들은 추상화에 가깝다. 지인은 작품에 관해 설명해 준다. 그림에 대해 아무런 지식이 없는 나도 설명을 들으니 그림 속에 숨어 있는 작가의 의도가 보인다. 그림도 인간처럼 얼굴이 있고 가슴이 있다. 그림은 인간을 위한 예술이기 때문일 것이다.

이제 퇴근 시간이다. 저녁이면 가장 안전한 집을 찾는 닭처럼 나도 내 집을 찾는다. 시곗바늘이 8시를 가리킨다. 이제 좀 쉬어야겠다. 내일은 또 다른 오늘이 시작될 것이다.

상추쌈

썰렁한 적색등만이 가득한 삼겹살집이다. 식당 안은 미안할 정도로 조용하다. 늦은 퇴근에 배가 고프니 시야까지 흐릿하다. 된장찌개에 밥 한 그릇이 간절하다. 삼겹살 3인분과 된장찌개 그리고 공깃밥을 주문하자 고기보다 반찬이 먼저 나온다. 기다릴 틈도 없이 허겁지겁 반찬으로 배를 채운다. 빈 접시들이 바닥을 드러내자 아르바이트생이 반찬을 보충해 준다. 한쪽에서 그 모습을 지켜보고 있었던 모양이다. 그의 앳된 얼굴이 고등학교 2학년쯤 되어 보인다.

때마침 숯불이 피었는지 화로가 온다. 이제 막 자신을 피워 불씨를 살리는 숯불의 모습을 보자 학생의 처지 같다는 생각이 든다. 그 또한 세상을 향해 막 발을 내디뎠으리라. 숯불을 아궁이에 끼우는 그의 뒷모습에 왠지 마음이 쓰인다. 불판이 달자 고기까지 얹어준다. 일을 시작한 지 얼마 되지 않았는지 가위 솜씨가 어색하다. 직접 굽고 싶었으나 손님도 없으니 그것마저도 하지 않으면 일자리를 잃을까 봐 그냥 둔다. 지갑을 열어 배춧잎 한 장을 꺼내 학생에게 건넨다. 생각지도 못한 돈인지 고맙다며 인사를 한다. 수줍은 미소가 앳된 얼굴을 더욱 상기시킨다. 시급 한 시간이 조금 넘는 단돈 만 원일 뿐인데 그의 미소에 오히려 내가 더 고맙다. 숨 쉴 틈도 없이 뛰어다녔던 나의 학창 시절이 불현듯 떠오른다.

고등학교를 졸업하던 해부터 시작한 나의 아르바이트는 이력서 앞장을 채우고도 남았다. 아르바이트라는 것이 원래 짧은 시간 잠깐 하는 것이지만, 대학에 다니면서 하기엔 늘 빠듯했다. 구하기도 힘들었을 뿐 아니라, 일자리가 있어도 시간이 맞지 않아 늘 동동거리며 일했다. 월급이 적으니 한 달 꼬박 일해도 등록금을 마련하기엔 턱없이 모자랐다. 장학금을 노려보았으나 그것 또한 쉽지만은 않아 등록 기간이 되면 나는 늘 돈에 쪼들렸다. 제시간에 등록하는 것은 꿈도 못 꾸고 늘 추가등록 기간이 되어서야 돈이 마련되었다.

2학년쯤 되었을까. 친구가 돈을 빌려달라고 했다. 월급을 꼬박꼬박 모아두는 것을 알고 있기도 했고, 등록 기간까지는 꼭 돌려주겠다며 사정하는 통에 빌려 주었다. 등록 기간이 되었다. 그런데 친구는 돈을 돌려주기는커녕 연락도 잘 되지 않는다. 파리하게 떨고 있는 모습을 본 동네 언니가 딱해 보였던지 돈을 융통해 주었다. 생활비에 학교 갈 차비까지 몽땅 털어 등록금을 냈다. 반찬 살 돈이 없어 마가린 한 통으로 일주일을 버텼으며 학교 갈 차비가 없어 결석까지 했다. 그때는 단돈 천 원이라도 아쉬운 날들이었다.

요즘은 아르바이트를 용돈벌이나 시간이 남아서 하는 삶의 체험 정도로 생각하기도 한다. 물론 생계 유지가 목적인 사람도 있고 취업의 길이 어려워 대신하는 사람도 있지만, 나의 학창 시절엔 학비가 필요하거나 생활이 어려운 학생들이 일을 하곤 했다. 나 또한 집안 형편이 어려워 아르바이트를 했었다. 대학생이 된 아들에게는 돈과 시간의 소중함을 알았으면 해 군대 가기 전 일을 권유한 적이 있다. 아르바이트는 누군가에겐 삶의 목숨 줄 같은 것이고 누군가에겐 한 끼 식사를 위한 임시방편이다.

마늘을 가져다주는 학생의 나이를 가늠해 보니 아무리 보아도 고등학교 1, 2학년 정도밖에 되지 않는다. 방학도 아닌데 평일 저녁에 무슨 이유로 고깃집에서 일하는 것일까? 경험을 얻기 위해서, 용돈을 벌기 위해 스스로 선택한 일이라고 하기엔 뭔가 찜찜하다. 부모님이 돌아가셔서 소년가장이라도 된 것일까? 넌지시 상추쌈이라도 권하며 물어보고 싶은데 때마침 손님들이 옆 테이블에 앉는다. 학생이 재빨리 물병을 들고 손님을 맞이한다.

상추에 싼 고기 한 점을 입으로 가져가는데 왠지 목구멍에서 자꾸만 걸리는 것 같다. 주먹으로 가슴을 치니 가량가량하던 눈물까지 툭 떨어진다. 남편이 분위기가 이상한지 휴지를 건넨다.

나는 연기 탓이라며 휴지를 받아 눈물을 닦는다. 그의 모습에서 지난날의 나를 떠올린 것이리라. 무심히 상추쌈을 먹던 남편이 혼잣말한다.

"성실해 보이니 잘될 거야. 저런 애들이 원래 성공하는 거야. 당당히 삶을 마주하고 있잖아….."

남편의 말처럼 학생이 나보다 더 단단한 삶을 살고 있을지도 모른다. 삶이 늘 변화하고 있듯 그의 삶도 더욱 단단하게 변화될 것이다. 지금은 고기를 굽는 숯불에 불과하지만 온 세상을 비추는 달빛이 될지 누가 알겠는가.

호박

        해마다 시골 밭 어귀에 호박을 심는다. 애호박을 따 참기름에 볶기도 하고 반달 모양으로 썰어 된장국에 넣기도 한다. 슈퍼에서 산 호박과 시골에서 갓 따온 호박은 그 맛부터가 다르다. 재료의 신선도가 중요한 것도 그러한 이유일 것이다.

    호박은 심을 때 거름을 충분히 주어야 한다. 마음밭이 좋지 않으면 마음이 불편하듯, 땅이 좋지 않으면 호박도 시들해진다. 좋은 땅에서 자란 호박은 그 일대를 제집처럼 여기며 줄기를 뻗어 그 세력을 넓힌다.

    어린 시절 우리 동네 호박꽃은 여자들의 소꿉놀이 재료였다. 호박으로 여러 모양의 요리를 하였는데 우리는 호박잎으로 밥상을 차렸다. 호박잎을 깔고 그 위에 둥글게 저민 호박을 올리고 가로로 자른 호박꽃을 꽃 모양으로 장식했다. 그 위에 노란 수술을 잘라 장식하면 호텔 뷔페 못지않은 아름다운 요리가 완성된다. 가장자리를 보라색 제비꽃으로 장식하고 반들반들한 돌 위에 차려 놓으면 그야말로 요리 경연대회에 나가도 손색없는 밥상이 된다.

호박은 그 시절 여학생들에겐 없어서는 안 될 중요한 소꿉놀이 재료였다. 호박꽃이 피기가 무섭게 소꿉놀이에 이용하자 어른들은 혼을 냈다. 꽃이 없으면 호박이 열리지 않는다는 사실을 모른 채 애써 가꾼 호박꽃을 매일같이 절단을 냈던 모양이다. 설령 알았다 한들 우리가 소꿉놀이의 유혹을 뿌리칠 수 있었겠는가.

소꿉놀이에서 내가 맡은 역할은 늘 아기나 딸이었다. 엄마 역할은 청소도 잘하고 요리도 잘하고 정리도 잘하는 동네 언니였다. 언니는 늘 예쁜 밥상을 차려 아기에게 먹으라고 내놓았다. 소꿉놀이 밥상은 진짜 밥상보다 늘 정갈하고 화려했다. 나는 그런 언니가 대단해 보였다. 결혼하면 좋은 엄마가 될 것 같았다.

몇 년 전 시골을 갔는데 같이 소꿉놀이했던 언니가 우울증에 시달린다는 이야기를 전해 들었다. 서로 떨어져 살아 그간의 소식을 잘 알지 못했는데 언니의 소식은 생각지도 못한 슬픈 일이었다. 하필이면 친한 지인의 아내가 우울증에 걸려 자살 시도를 하였다는 이야기를 전해들은 직후였다.

어릴 때부터 인간은 상실을 경험한다지만 가까운 지인의 안 좋은 소식에 마음이 착잡했다. 지인의 아내는 직업도 있었고 작은 가게도 운영했었다. 성격이 좋아 사람들과도 제법 잘 어울려 지냈다. 시골로 놀러 왔을 때 호박 한 덩이를 주자 커피까지 사준 그녀였다.

우울증은 뇌의 신경전달물질에 이상이 생긴 병이라고 한다. 2차 세계대전을 승리로 이끈 영국의 총리 처칠도 평생 우울증으로 고생했다고 한다. 자살할지도 모른다는 생각에 바닷가나 호숫가 등 물가엔 얼씬도 하지 않았다고 전해온다.

남북전쟁을 승리로 이끌며 노예 해방의 주역인 미국의 링컨 대통령도 밤마다 우울증에 눈물로 베갯잇을 적셨다고 한다. 보좌관들은 그들이 집무실에서 우울증으로 괴로워할 때 혹시나 하는 마음에 가슴 조이며 지켜봤다고 했다. 링컨은 자식을 세 명이나 먼저 저세상으로 보냈고 선거에도 여러 번 떨어져 불운의 사람으로 불렸다. 수많은 좌절과 상실 속에서도 우울증을 이겨내기 위해 노력했다.

니체, 괴테, 버지니아 울프, 톨스토이까지 우울증과 싸웠으며 헤밍웨이는 결국 자신의 생을 마감하기도 하였다. 우울증은 병이 깊어지면 자살로 이어지니 그래서 무서운 병일 것이다.

누렇게 익은 호박 한 덩이를 들고 집으로 왔다. 겉이 반지르르한 것이 제법 맛있어 보였다. 호박전이라도 붙여 볼까 해 시골에서 가져온 식칼로 갈라 보았다. 아, 그런데 호박 안은 터무니없이 썩어 있지 않은가. 겉은 멀쩡한데 안은 곪은 사람 속처럼 이미 벌레까지 터를 잡고 있었다. 호박을 통째로 쓰레기통에 버렸다. 같이 소꿉놀이했던 언니도 지인의 마음도 호박처럼 상해 있으면 어쩌지 하는 걱정이 들었다.

어떤 이유가 되었든 지인도 언니도 빨리 자리를 털고 일어났으면 좋겠다. 어떤 트라우마가 정신적인 후유증이 되었는지는 알 수 없지만 자신을 진정으로 사랑하는 방법을 터득했으면 한다. 오늘은 애호박 한 덩이라도 전해 주어야겠다.

할머니의 통장

한산한 은행 앞이다. 사무실 근처에 은행이 있었는데 얼마 전 사라졌다. 비대면 업무가 늘어나 다른 지점과 합쳐졌다고 했다. 은행이 일터 가까이 있어 좋았는데 사라져 서운한 생각이 들었다. 코로나19가 비대면 시대를 앞당긴 탓이리라. 디지털 지구 속 은행은 보수적이라 비대면 업무가 느리게 적용된 편이라고 한다. 은행뿐일까. 중년에 들어선 나 또한 디지털 지구에 편승하기란 쉽지 않은 것 같다.

얼마 전 프로 야구 경기를 보러 갔다가 허탕 치고 돌아온 적이 있다. 매표소에서 표를 구매해 야구 구경을 하려고 했는데 현장 판매는 하지 않는다고 해 당황했었다. 코로나19 때문에 인터넷으로 미리 예매해야 입장할 수 있다는 직원의 말에 어찌 좀 안 되겠느냐며 생떼를 썼다. 직원은 미안해했지만 어쩔 수 없이 야구장 담벼락만 쳐다보며 집으로 돌아왔다. 준비 없이 간 자신에게도 화가 났지만, 비대면 시대가 너무 가까이 다가선 것 같아 무서운 생각까지 들었다.

은행의 비대면 업무는 나날이 증가하고 있다. 휴대폰으로 돈을 이체하기도 하고 물건을 사기도 하지만 기계와 시스템에 익숙하지 않은 세대들은 곤욕을 치른다. 나이 든 어르신들은 더욱 그러하다. 오래 살아 세상이 익숙하고 만만하다고 생각할 수 있으나 오히려 그 반대다. 하루가 다르게 변하는 디지털 지구는 새로운 것에 도전해야 하는 부담감과 좌절감을 안겨준다. 나이 듦이 무기가 될 수 없다는 것을 마치 증명이라도 하는 것 같다.

은행으로 들어서니 원래의 은행은 없어지고 입구에 365ATM기만 그대로 있다. 그나마 간단한 현금은 찾을 수 있으니 다행인 셈이다. 은행 창구 앞에서 오래 기다린다고 투덜댔던 그때가 오히려 고맙기까지 하다. 불편함이 또 다른 불편함을 해소시키니 철 지난 꽃을 보고 다시 피기를 기다리는 바람 같다. 마음은 제멋대로 꽃을 떨구는 바람처럼 호들갑스럽기까지 하다. 언제쯤이면 바람 앞에서도 불평하지 않는 성숙한 마음이 될까.

ATM 기계에서 돈을 찾아 나오는데 할머니 한 분이 문을 밀고 들어온다. 은행 앞 인도 블록에 앉아 채 끝나지 않은 겨울바람을 맞고 계시던 할머니이시다. 주름진 손에는 거무스름한 핏줄이 툭툭 불거져 그간 세월과 맞선 흔적을 나타낸다. 설핏 보아도 여든이 넘어 보인다.

"아주머니, 돈 10만 원만 좀 찾아 주이소."라며 손때 묻은 통장을 내민다. 마스크 낀 할머니의 얼굴 위로 간절한 눈빛이 그득하다.

"할머니. 통장을 아무에게나 주면 안 돼요. 비밀번호는 아세요? 비밀번호도 알려 주면 안 되는데…."

할머니는 귀가 잘 안 들린다며 돈 10만 원만 찾아 달라는 말만 되뇌듯 하신다.

얼떨결에 할머니의 통장을 받아든 나는 얼마 전 뉴스를 떠올린다. ATM기에서 돈을 찾는 CCTV 영상을 보고 보이스피싱 범인을 잡았다는 이야기며, 요양보호사가 할머니의 집을 드나들며 통장에서 돈을 몽땅 인출해 갔다는 이야기다. 뒤늦게 경찰이 수사에 나섰으나 통장에는 이미 돈이 사라진 뒤였다고 했다. 믿었던 요양보호사에게 배신당한 할머니의 마음은 어떠했을까? 사람은 의심으로 대하는 것이 아니라 믿어주는 것이라며 올곧게 살아오신 할머니의 인생을 송두리째 뒤흔드는 것 같아 마음이 언짢았다.

아무런 의심 없이 통장을 내미는 할머니를 보니 마음이 쓰인다. 혼자 은행을 찾을 수밖에 없는 사정이 있으리라 짐작한다. 할머니는 지난번에도 여기에서 돈을 찾았을 것이다. 은행 직원이 매번 생활비를 찾아 드렸을 것이다. 은행이 없어진 줄도 모르고 오늘도 은행을 찾은 할머니는 문 닫힌 은행 앞에서 누군가 오기를 기다리며 차가운 시멘트 바닥 위에 앉아계셨던 듯싶다.

통장을 받아 든 나에게 생각지도 못한 이기심이 불쑥 나타났다. '물에 빠진 사람 구해 주니 보따리 내놓으라 한다'고 내가 보이스피싱으로 오해받을지도 모른다는 생각이 들었다. 할머니가 돈을 분실하거나 이 상황을 기억 못 해 경찰에 신고라도 한다면 내가 범인으로 몰릴 판국이었다. ATM기에 설치되어 있는 CCTV는 누가 돈을 찾는지 모두 지켜보고 있다. CCTV는 정황은 무시하고 내가 돈을 찾는 모습만 녹화할 것이다. 할머니는 기억도 못 할 만큼 연로해 보이니 행여나 경찰 앞에서 나를 범인으로 몰고 간다면 난감할 것이다. 통장 뒷면에는 네 자리 숫자까지 적혀있다. 분명 비밀번호일 것인데 내가 돈을 찾아드리지 않는다면 어떻게 될까? 요양보호사에게 전 재산을 빼앗긴 할머니처럼 나쁜 사람을 만나 전 재산을 잃게 될까?

나는 할머니의 통장을 기계 속으로 밀어 넣었다. 나를 믿고 통장을 내어준 할머니의 모습에서 나의 이기심은 슬그머니 사라졌다. 오히려 내가 믿을 수 있는 사람이라고 인정해 준 것이 고맙기까지 했다. 나는 비밀번호를 조심스레 눌렀다. 그러자 만 원권 10장이 기계에서 나왔다. 돈을 꺼내 드리자 할머니는 고맙다며 희미한 웃음 한 자락을 피웠다. 통장 잔고를 보니 33만 원이 남았다. 할머니의 전 재산인 듯싶었다.

"할머니 돈 잘 간수하세요. 그 돈 잃어버리면 저 잡혀가요…."

햇살 한 줌이 찌푸린 하늘을 열고 흘러내렸다. 디지털 지구 속 돌아오는 발걸음이 가벼웠다.

마음의 안전지대

마음이란 우리의 뇌에서 일어나는 과정을 포괄하는 것이다. 의식, 무의식 및 기능적 과정이 자리 잡은 곳이 마음이다. 사람은 누구나 완전한 유형의 마음을 갖고 있지는 않다. 애초에 불완전한 마음을 완전하게 기대하는 것이 잘못인지도 모른다.

요즘 나의 마음은 마음의 안전지대를 벗어나 제멋대로 출렁인다. 물에 빨면 깨끗해지는 빨래처럼 마음속도 빨래를 할 수는 없을까? 깨끗한 물에 머리를 헹구듯 마음도 깨끗하게 빨아졌으면 좋겠다. 완전하게는 아니더라도 제멋대로 출렁이는 마음을 안전지대에 접어두게 하고 싶다.

얼마 전 일이다. 직장에서 억울한 일을 당했다. 아무 잘못도 없이 소문에 휩쓸리며 원망을 샀다. 변명이라도 하고 싶었으나 그럴 상황이 아니어서 묵묵부답으로 대했는데 마음은 심하게 상처를 입었다. 마음에 상처를 입으니 몸도 병을 얻어 몸져눕기까지 했다. 북적이는 마음을 다스릴 수가 없어 화병까지 생기려고 했다.

책도 읽어 보고 여행도 하고 수다도 떨며 잊어버리려고 노력했으나 그때뿐이었다. 잠시 잠깐의 위안일 뿐, 또다시 마음은 깊은 수렁 속으로 빠져 몇 날 며칠을 우울하게 보냈다. 인생은 고통의 연속이라더니 그 말이 딱 와닿았다. 머리로는 별것 아니라며 잊어버리자고 되뇌었으나 마음 한구석은 이해되지 않는 고통으로 어쩔 줄을 몰라 했다.

텔레비전 뉴스를 보았다. 뉴스에서 억울하게 옥살이를 한 사람이 재심에서 무죄를 선고받았다며 그의 인터뷰를 내보냈다. 살인죄의 누명을 쓰고 이십여 년간 옥살이했는데 재심에서 무죄가 밝혀졌다고 한다. 진범이 잡혀서 억울한 누명도 벗었다고 했다.

그의 모습을 화면으로 보는데 마음이 울컥했다. 그는 이미 머리도 희끗희끗한 내 나이 또래의 중년에 다리도 절었다. 여태껏 살인죄의 범인으로 살았던 그의 얼굴은 죄인이라고 하기엔 너무나 순박한 얼굴이었다. 얼굴 한쪽에는 옅은 웃음까지 띠고 있는 것이 아닌가. 억울한 자기의 모습이 이제야 멍에를 벗었다는 안도의 웃음. 그의 웃음에는 강산이 두 번이나 변하고 밤과 낮이 이십 년이나 반복된 원망과 분노가 함께 서려 있었다.

교도소에서 보내 버린 그의 인생은 무엇으로 보상받겠는가. 그의 젊음도 그의 시간도 되돌릴 수는 없다. 억만금을 준들 시간을 되돌릴 수가 있으며 젊음을 되찾을 수가 있겠는가. 법의 맹점과 집행자의 실수로 여기기엔 한 사람의 인생이 너무나 가혹했다.

그의 마음은 이미 숯덩이가 되었을 것 같았다. 몇 날 며칠 동안 밥도 못 먹고 잠도 못 자는 나날들이었지만 그에 비하면 나의 고통은 아무것도 아니었다. 그는 교도소에서 칼을 품었다가 어느 날은 체념으로 눈물을 흘렸다가 또 다른 아침에는 희망을 꿈꾸었을 것이다. 그의 마음은 이미 여러 세계의 지옥을 다녀오고 생지옥의 세계를 맛보았을 것이다. 그의 상처에 비하면 나의 상처는 침대 위에 더 푹신한 이불을 까는 형국이었다. 나는 이불을 박차고 나왔다. 그의 모습을 텔레비전으로 보자 나의 고통에도 새로운 의욕이 생겼기 때문이다.

냉장고에서 김치를 꺼냈다. 밥그릇에 밥을 퍼 물에 말았다. 물밥 위에 김치를 얹어 입에 넣자 알싸한 김치의 맛이 세포 하나하나를 깨어나게 했다. 마음도 김치의 맛에 젖어 드는지 기운이 났다. 그가 교도소에서 김치와 물밥을 먹으며 지옥을 탈출했듯 나도 그렇게 물밥 위에 김치를 얹었다. 작은 일상이 위안이 되어 스스로 치유의 시간을 갖기를 바라며 밥을 먹었다.

치유의 시간은 사람마다 다르다. 치유의 방법 또한 마음먹기 나름이다. 조던 피터슨 교수는 어떤 결과를 가져올지 알 수 없지만, 고통 속에서 할 수 있는 일은 그저 최선을 다하는 방법뿐이라고 했다. 루게릭병을 앓았던 스티븐 호킹 박사도 병으로 인해 더욱 연구에 매진할 수 있었다고 회상했다. 삶이 지속되는 한 희망도 지속된다며 병이 아니었으면 조용히 연구에만 매진할 수 없었을 것이라며 자신의 병을 고통으로 보지 않았다. 할 수 있는 일을 해 나가는 것, 그것이 고통을 이겨내는 분명한 답이라고 한다.

이십 년이나 인생을 저당 잡힌 그는 치유의 시간을 어떻게 버텼을까? 그의 옅은 미소 속에 마음의 안전지대는 무엇이었을까? 나는 나의 마음에 안전지대를 찾아 일상으로 되돌아갔다.

행복

선물은 받는 것보다

주는 것이 더 행복하다고 하더니

정말 그런 모양이다

숙주 宿主

　　큰언니한테서 전화가 왔다. 형부가 바다낚시를
해 갈치를 잡아 왔다며 자매들끼리 나눠 먹자고 했다. 운전을 할
수 있는 내가 집마다 갈치를 배분했고 이를 계기로 우리는 카페에
모여 모처럼 회포를 풀었다. 코로나 때문에 서로가 잘 만나지도
못하고 있던 때라 자매의 수다가 온종일 늘어졌다.

　언니와 나는 열 살 넘게 차이가 나는데 내가 기억하지도 못하
는 옛이야기를 들려주었다. 우리 집은 원래 마을 한가운데 살았는
데 지금의 장소로 이사 나온 이유가 소와 개 때문이라는 것이다.

　그 당시 소는 우리 집의 전 재산이었다. 마을에 소와 개가 병이
나서 지금의 집으로 이사를 오게 되었다고 한다. 동네 전체 개와
소가 병이 들었던 것 같다. 창문도 닫고 며칠 동안 밖으로 나오지
못한 채 집안에 갇혀 지내다가 마침 개울 건너 빈집이 있어 이곳

으로 왔다는 것이다.

요즘이야 가축은 예방 접종하면 되지만 그 당시엔 인도나 아프리카처럼 백신 보급률이 높지 않아 소나 개가 아프면 온 마을 전체가 피해를 보았다. 광견병 바이러스는 치사율이 100%에 가깝다고 한다. 코로나 바이러스 치사율이 0.1% 정도라고 보면 엄청난 수치다.

바이러스는 치사율이 높으면 전염성이 낮은 편이고, 치사율이 낮으면 전염성이 높다고 한다. 즉 살아있는 숙주에 기생하다가 숙주가 죽어 버리면 바이러스도 함께 죽어 버리는데, 죽지 않고 살아있는 바이러스는 또 다른 숙주에게 기침이나 재채기를 통해 전파된다고 한다. 바이러스 때문에 마스크를 쓰는 이유도 이러한 것을 예방하기 위함일 것이다.

나는 언니의 이야기를 들으며 현재의 코로나 시국을 떠올렸다. 전염병을 피해 삶의 터전을 버리고 이사 갈 수밖에 없었던 그때나 코로나19로 피해를 본 중소 상인들이나 전염병에 의한 고통은 다르지 않으리라. 교통의 발달로 바이러스의 전파 속도는 비행기 속도만큼이나 빨라졌다는데 바이러스에 대한 우리의 인식은 얼마나 성숙한 것일까. 아직도 이기심과 오만에 갇힌 채 바이러스 너머의 세상을 보지 못하고 살아가고 있는 것은 아닐까.

바이러스는 살아있는 숙주를 통해 번식한다. 지구상에는 약 8백만여 종의 생물이 있고 모든 종의 최상위 포식자는 호모 사피엔스다. 호모 사피엔스는 약 78억 명이나 된다고 하니 바이러스는 얼마나 많은 숙주를 가진 셈인가. 그 균형이 약간만 흐트러져도 바이러스에게 점령당할 것이니 원숭이두창이나 코로나 바이러스도 그러한 틈 속에서 생겨난 것일 터이다.

얼마 전에는 지구 온난화로 빙하가 녹아 고대의 바이러스가 출몰해 북극지방의 동물들이 떼죽음을 당했다는 이야기도 들었다. 바이러스는 영원히 사라지지 않고 숙주를 통해 생존할 것이라고 한다. 이제는 물이나 공기, 바람처럼 인간과 함께 살아가야 한다는 얘기가 된다. 코로나 바이러스의 매개체인 박쥐는 자신의 터전을 빼앗겨 복수라도 하려는 듯 인간세계를 침범했다. 자연을 파괴하는 인간에 대항하여 먹이를 찾아 가축에게까지 바이러스를 옮기다가 종국에는 인간을 숙주로 삼고 만 것이리라.

언니의 이야기를 듣다 보니 막내인 나 역시 언니를 숙주 삼아 자라온 것이 아닌가 하는 생각이 들었다. 겨우살이들이 참나무나 버드나무 따위를 숙주로 삼듯이 말이다.

언니는 바쁜 엄마를 대신해 어린 나를 업어 키웠다. 당시에는 맏이가 동생을 돌보는 일이 당연한 일이라고 여겼겠지만 새로운 삶의 터전을 일구는 부모님을 대신해 동생들을 돌보는 일이 쉽지만은 않았을 것이다. 칭얼거리는 나를 등에 업고 죽을 끓이는 언니의 모습이 어렴풋이 기억에 있다. 언니의 가냘픈 등은 늘 땀과 오물로 축축하게 젖어 있었다. 밭일을 나간 엄마를 대신해 동생들을 돌보며 집안일을 도왔다. 동생들이 잠자는 틈을 타 국수를 삶아 밭으로 참을 나르기도 했다. 그런 언니가 이제는 다리가 아파 느린 걸음을 걷는다. 자신의 꿈 같은 것은 애당초 생각지도 못한 채 가족을 위해 희생한 언니가 아픈 다리를 끌며 아직도 동생들을 걱정한다. 행여 코로나라도 걸릴까 봐 카페 안에서도 마스크를 쓰라고 잔소리한다.

나는 언니를 보며 마음 한구석이 저렸다. 내가 이렇게 무탈하게 자랄 수 있었던 것은 언니의 고결한 희생 덕분이라는 생각이 들었다. 언니는 그것을 희생이라고 꿈에도 생각하지 않지만 나는 그런 언니를 숙주 삼아 오늘에 이른 것이 틀림없었다. 자신의 몸을 아낌없이 동생들에게 내어주는 언니, 그것은 누가 뭐라고 해도 사랑의 숙주일 터였다.

날이 저물어서야 우리는 카페를 나왔다. 내일은 언니가 준 갈치로 조림을 하리라 생각하며 집으로 향했다.

"마스크 써!"

등 뒤에서 언니의 호통 소리가 들렸다.

쑥을 뜯으며

　　흩어져 살고 있는 가족들이 한자리에 모였다. 팔
순이 훌쩍 넘은 시어머니의 생신을 빌미로 펜션을 빌려 하룻밤을
묵기로 했다. 거동이 불편한 어머님이 경기도에서 경북 군위 고
향마을까지 내려오기엔 무리가 있어, 서울 근교 양평에 있는 펜션
을 잡은 것이다.

　　고속도로는 생각보다 밀리지 않았다. 동승한 시고모님이 쑥떡
을 해 오셨다. 떡을 잘한다고 소문난 집을 찾아가 손수 뜯은 쑥을
주고 찹쌀까지 직접 가져다주며 만든 떡이라 한다. 배가 출출한
시간이라 미리 차 안에서 맛을 보았다. 떡집에서 사먹는 떡 하고
는 역시 맛이 다르다. 보드라운 햇쑥을 직접 뜯어 쑥떡을 만들어
서 그런지 싱싱한 단맛이 살아있다. 콩고물 가루가 입술 언저리
와 차 안 여기저기에 흔적을 남긴다. 고소한 분유처럼 햇빛을 받

아 반짝이다가 어느새 입 속으로 자취를 감춘다. 포장 박스를 보니 몇 박스나 되는 것이 하루 왼종일 쑥을 뜯어도 늦은 시간까지 뜯었을 양이다. 쑥떡을 좋아하는 어머님을 생각해 생신에 맞춰 떡을 해 가려고 만사를 제치고 쑥을 뜯었으리라.

드디어 양평에 도착했다. 먼저 도착한 가족들이 고기를 굽고 바비큐 파티가 한창이다. 백발이 고운 어머님이 잰걸음으로 한달음에 달려와 큰아들을 반긴다.

어머님은 시집와 평생을 시골에서 농사를 지었다. 뇌경색으로 남편을 먼저 저세상으로 보내고, 홀로 농사를 짓다 갑자기 건강이 나빠졌다. 혼자 지내기엔 무리가 있어 가족들이 많은 서울 주변에 자리를 잡은 지 몇 해다. 명절이 되면 고향을 바라보며 눈물을 훔친다. 건강이 여의치 않아 차를 타고 장거리 이동이 어려워 고향에 갈 수 없기 때문이다. 컨디션이 좋아진 날 몇 시간 차를 타고 고향을 다녀오면 의례히 그 다음 날은 병원신세를 진다. 그래서 일 년에 한 번 고향을 방문하기도 어렵다. 큰아들이 고향집을 방문하여 휴대폰 영상으로 고향집과 논밭 소식을 전하면 쓴웃음 지으시며 저 밭이 저렇게 우거져 어쩌누 하며 혀를 차신다.

쉰이 넘은 자식들이 노래를 하며 아양을 떤다. 그 모습을 지켜보는 어머님의 웃음소리가 펜션 담장을 넘는다. 생일상에 과일이며 쑥떡이 자리를 차지하고 케이크에 초를 꽂으며 자식들의 생일노래가 울려 퍼진다. 밤하늘의 별도 달도 생일상에 내려앉는다.

다음 날이다. 청량한 산새 소리에 눈을 떴다. 가족들은 제각기

짝을 지어 아침 산책을 나간 후였다. 어머님과 둘뿐이다. 오월의 끝자락이지만 숲속이라 아침바람이 제법 차다.

몸이 불편하신 어머님이 산책을 가자고 한다. 산속 아침 공기에 감기가 걸릴까 봐 머뭇거리고 있는데 어머님이 먼저 길을 나선다. 점퍼를 챙겨 들고 마지못해 따라 나서며 잠깐만 걷다 오자고 한다. 어머님의 걸음걸이가 예전 같지 않다. 다리에 힘이 없어 오르막도 아닌 길에 숨을 헐떡거린다. 손을 잡고 부축하자 아직은 혼자 걸을 수 있다는 신호로 손을 뿌리친다. 뒤따르며 앞지르며 간간이 서서 다리보다 마음이 앞선 어머님을 기다린다.

어머님이 굽은 어깨를 펴 숨을 고르며 주변을 둘러본다. 꽃들이 피어있고 나무들이 우거진 숲이 보인다. 인적이 드문 오솔길도 보인다. 꿀밤나무 언덕 아래 작은 공터다. 풀꽃이 막 잠을 깨고 배시시 얼굴을 내밀자 부지런한 벌이 우리보다 앞서 꽃에 앉았다. 쑥과 이름 모를 풀들이 우거져 있다. 어머님의 눈길이 그곳에 멈춘다. 입가에 옅은 미소가 스치는가 싶더니 풀숲으로 들어가 쑥을 뜯기 시작한다. 무릎까지 자란 쑥이 튼실하다. 그러나 먹기엔 억세 보인다. 쑥떡을 해먹으면 된다며 보드라운 윗부분을 똑똑 꺾는 어머님의 얼굴이 붉게 상기되어 있다.

"이런 데 쑥이 다 있네. 이래 귀한 것을… 야아 야, 쑥 뜯어라."

"어머니, 쑥이 억세져 못 먹습니다."

"아니다. 괜찮다. 이파리만 똑똑 따면 보드랍다. 쑥떡 해 먹어도 되고."

"고모님이 쑥떡을 많이 해 오셨잖아요?"

"그거랑 같나?"

"뱀이라도 있으면 큰일입니다. 그만 가셔요. 벌레라도 물리면 또 병원 신세집니다."

들은 척도 하지 않고 어머님은 신이 나 쑥을 뜯는다. 한참을 만류해도 듣지 않자 나도 함께 쑥을 뜯기 시작한다. 어머님의 혼잣말이 계속된다.

"쑥이 이리 자라도록 뜯지도 않고, 이래 좋은 것을. 쑥이 실하네. 이런 곳에는 공해도 없다. 먹어도 된다."

공터에 쑥들이 모양새를 잃고 흔적을 감춘다. 그제야 마지못해 어머님은 일어선다. 양손과 옷섶에 쑥을 잔뜩 안은 어머님의 얼굴에 화색이 돈다. 쑥을 들고 걸으며 어머님이 속삭인다.

"야아 야, 이 쑥 너 가지고 가거라."

바람이 분다. 샤넬 향보다 더 진한 쑥 향이 코끝을 간지럽힌다. 고향 냄새다. 어머님의 사랑이다. 쑥을 들고 걷는 어머님의 어깨가 춤을 춘다. 뒤따르며 걷는 며느리의 콧등이 시큰거린다.

너의 계절

결혼을 앞둔 딸아이와 함께 산책길에 나섰다. 막상 딸이 결혼한다고 생각하니 마음이 뒤숭숭하다. 나이 찬 녀석이 제때 짝을 만나 결혼하는 것만으로도 고마워해야 할 터인데 왠지 미안한 생각이 앞선다. 늘 바쁘다는 핑계로 제대로 된 밥 한 끼 못 해준 것이 마음에 걸리는 것이리라. 지금이라도 예쁜 그릇에 정갈한 밥상 차려주고 싶은 것이 부모의 마음이건만 딸이 직장 때문에 멀리 있으니 그것 또한 쉽지 않다. 결혼식장에서 눈물을 훔치는 신부와 신부 어머니의 마음이 이런 마음이었겠구나 싶다.

딸은 어릴 때부터 자기 일을 스스로 하곤 했다. 직장에 다니랴 공부하랴 늘 바쁜 엄마 밑에서 살아남기 위해서는 어쩔 수 없었으리라. 다섯 살 때부터 직접 머리도 감고 짝이 다른 양말도 혼자 신곤 했다.

그런 녀석이지만 딸에게도 마음에 맺힌 서운한 점은 있었던 모양이다. 자라면서 가장 서운할 때가 언제였냐고 물었더니 조금의 망설임도 없이 운동회 날이라고 한다. 초등학교 시절 운동회가 끝날 때까지 엄마가 운동장을 지켜 준 적이 없다는 것이다. 기억을 더듬어보니 그랬던 것 같다. 운동장 한편에 자리 잡은 그 흔한 솜사탕을 사준 적도, 돗자리를 깔고 김밥을 함께 먹은 적도 없었던 것 같다. 할머니에게 점심 보따리를 맡기고서는 부리나케 직장으로 향했었다.

핑계를 대자면 그 당시 나는 무척이나 바쁜 날들을 보냈다. 어린이집을 운영하고 있어서 늘 사건 사고들이 잦았다. 운동회 참석을 위해 문을 열고 나가다가도 어린이집 아이가 다치면 병원을 먼저 가야 했고, 불시에 찾아와 상담을 요청하는 원생 부모님을 다음 날로 미룰 수 없었다. 참관수업을 가기로 한 날도 어린이집 행사를 치르다 보면 늦기 일쑤였고, 비가 오는 날 우산을 들고 교문 앞을 서성인 적 한 번 없다. 교사라는 직업이 늘 그러하듯 내 아이보단 내가 몸담은 아이들이 우선이었다. 부채춤을 추면서도 달리기하면서도 엄마를 찾았을 딸아이의 모습이 지금도 눈에 선하다. 나의 삶에 최선을 다하는 동안 딸의 가슴에는 또 다른 생채기가 남았던 듯싶다.

인생이란 모든 것이 완벽할 수는 없다. 최선을 다했다 하나 누군가에겐 아픔이고 누군가에겐 삶이다. 흐르는 물이 계곡과 바다를 선택할 수 없듯 그렇게 흐르는 것이리라. 그런데도 더 좋은 방법이 없었을까 돌이켜 보는 것은 엄마이기 때문일 것이다.

딸과 함께하는 산책은 기분 좋은 바람처럼 든든하다. 시원한 바람 한 자락과 붉은빛 노을처럼 행복한 마음까지 들게 한다. 먹이를 찾는 한 쌍의 왜가리를 바라보며 너와 나의 모습이라 생각한다. 자식이 먹이 찾는 모습을 말없이 지켜보는 엄마 왜가리처럼 나 또한 훌쩍 커버린 너의 모습을 등 뒤에서 바라본다. 왜가리는 먹이 잡이가 능숙하게 되면 독립을 위해 날아갈 것이다. 부모의 품을 떠나 자신만의 하늘로 날아가는 왜가리처럼 나는 네가 이제 날개를 펴고 세상을 향해 나아갈 때라는 것을 안다. 너의 계절이 시작되어 너만의 세계로 날아갈 것을.

나는 너의 계절을 응원한다. 결혼은 설산처럼 위대하지만 단조로울 수 있고, 장미꽃처럼 아름답지만 가시처럼 찌를 것이다. 무지개처럼 나타났다가 바람처럼 흩어져 그런 날들에 대하여 희망을 잃지 않으려고 애를 쓸 것이다. 네가 어떤 모습으로 살아가든 나는 너를 응원할 테지만 너의 계절에 따뜻함이 넘쳐났으면 좋겠다. 너의 따뜻함 속에 나는 너도밤나무가 되어 그늘을 드리우고 싶다. 잠시 쉬어 갈 수 있는 나무 그림자가 되어 그렇게 서 있고 싶다. 어미 나무 최대의 무기가 그늘이듯 너 역시 너만의 그늘을 넓혀 가기를 바란다.

긴 머리칼을 흔들며 걷는 너의 등 뒤에서 나는 네가 없는 나의 계절을 준비할 것이다.

아버지와 송이

　　　　　　송이버섯의 계절이다. 간밤에 비가 왔으니 숨어
있던 송이도 살포시 세상 구경에 나섰을 터이다. 솔가리를 헤치
고 머리를 들어 올린 송이를 상상한다. 아버지라면 환한 미소를
띠며 보물을 찾은 듯 반겼을 것이다. 십 리 밖에서도 송이 냄새를
맡을 수 있다던 아버지는 송이산을 지키며 송이를 채취하는 산 사
람이었다.

　아버지는 종중산을 임대해 송이를 채취했다. 어린 시절, 나는
송이산을 지키는 아버지를 위해 음식 보자기를 들고 산에 오른 적
이 있다. 길이 끝나는 산허리 어디쯤인가 바위 위에 보자기를 올
려 두면 아버지께서 찾아가곤 했었다. 그 넓은 산에 바위가 한둘
이 아니건만 신기하게도 아버지는 세세한 곳까지 눈이 미치는 듯
했다. 현미경으로 들여다본 나뭇잎처럼 얇고 얽힌 길들 사이로

보자기를 찾아서는 바람처럼 사라지셨다. 산은 아버지의 세상이었고 세상은 아버지를 위해 길을 여는 듯했다.

송이버섯 철이 되면 아버지는 몇 달 동안 산에서 지냈다. 소를 덮어 주던 빛바랜 비닐천을 잘라 나뭇가지에 씌워 움막을 만드셨다. 언뜻 보면 방공호인지 나무를 쌓아 올린 나무 무덤인지 모를 움막 속에서 밤이슬을 피하셨다. 무섭지 않으냐는 말에 사슴도 쳐다보면 다가온다며 짐승도 같은 처지의 산 사람임을 아는 것 같다고 했다. 한밤중에라도 송이 채취꾼이 송이를 몰래 따 갈까 봐 산을 지킨다며, 사람의 욕심이 제일 무서운 것이라고 했다. 몰래 송이를 따 가는 사람들은 어린 버섯마저도 모조리 뽑아 씨를 말린다며 걱정하셨다. 산과 함께 살아가는 당신의 세상이 낙원을 만들어가는 길임을 알고 있는 듯했다.

어둠이 깊어지면 산은 점점 더 밝아진다. 한밤중 산은 부스럭거리는 작은 소리에도 소스라치게 일어나 낯선 이의 발자국을 전해 준다고 했다. 산의 품속에 있으면 나무의 숨소리, 별과 달의 숨소리마저 고요에 묻히며, 잠들지 못한 짐승들의 숨소리가 깨끗한 평화를 더한다고 한다. 고요하고 평화로운 산도 새벽이 되면 새로운 생명을 잉태하듯 다시 살아난다. 아버지는 그런 산에서 산의 정령처럼 산과 함께 지냈던 것이다.

송이를 내다 파는 날엔 아버지는 큰돈을 만지셨다. 쌀을 살 돈도 육 남매 공부시킬 등록금도 걱정 없는 듯 흡족한 미소를 지으셨다. 나는 송이를 팔러 가는 아버지를 따라서 종종 장에 간 적이 있다. 내가 송이를 들고 가게에 들어가면 아버지는 골목에서 지켜보고 계셨다. 가게 주인은 단박에 나를 알아보고 흥정을 전했다. 골목에 계신 아버지에게 주인이 제시하는 금액을 전달하면 아버지는 송이의 상품에 따라 더 높은 금액을 제시하기도 하였다. 나는 아버지와 주인을 오가며 흥정의 다리 역할을 한 것이다. 송이 나는 곳은 자식에게도 비밀에 부친다더니 아버지 또한 송이꾼임을 나타내고 싶지 않으셨던 모양이다.

처음 아버지를 따라 가게에 들어섰을 때 송이 가게 주인은 목소리를 높여 환대했다. 과자며 수박까지 덤으로 챙겨 주시며 다음번에도 자신의 가게에 송이를 가져오기를 당부했다. 덥수룩한 아버지가 도시 사람에게 융숭한 대접을 받는 모습에 나도 덩달아 기분이 좋았다. 촌사람이 도시 사람에게 대접을 받는 것은 그리 흔하지 않은 광경이었다.

송이를 팔기 위해 집으로 내려온 아버지는 잠깐 눈을 붙인 뒤 한밤중에 다시 산을 오르셨다. 어머니는 급하게 이것저것 반찬거리들을 챙기셨다. 오래 두고 먹어도 변하지 않는 반찬에, 밥을 그득 담아 아버지의 봇짐 속에 넣어 주셨다. 불을 지피면 사람들이 알아차린다고 생쌀과 미숫가루로 밤을 지새운다는 아버지가 길을 떠나는 날이면 어머니는 눈시울을 붉히셨다. 가족의 삶과 꿈을 짊어진 봇짐을 메고 대문 밖으로 사라지는 아버지를 보기 위해 나 또한 잠을 설치곤 했다.

아무리 철저하게 준비해도 예상치 못한 위험은 예고 없이 찾아

온다. 산불은 불가항력이었을까. 아버지의 세상인 산에 불이 났다. 송이들이 자라는 곳에도 불이 번져 결국 버섯의 씨가 말라 버린 것이다. 불을 끄러 산에 올랐다가 힘없이 내려오는 아버지의 시꺼먼 얼굴을 아직도 기억한다. 자신의 한 부분이 불에 타 완전히 말라 버린 듯 아버지는 오랫동안 가슴앓이를 하셨다. 소나무에서 버섯이 자라기까지는 오랜 세월이 걸린다. 아버지의 세상인 산이 다시 생명을 살려내기 위해서는 오랜 역사가 필요했다.

'자연산 송이 판매'라고 적힌 가게 앞에 차를 세운다. 하얀 박스에 담긴 송이버섯들이 즐비하다. 날씨가 좋아 올해는 풍작이라고 한다. 비싼 송이를 집어 든다. 송이버섯을 사는 것은 아버지를 기억하기 위함이다. 추석 제사상에 송이를 올리면 아버지가 좋아하실 것만 같다. 바람처럼 산길을 누볐을 아버지를 추억하며 송이 향에 코를 묻는다.

울지 않는 아이

 내가 근무하고 있는 어린이집에서 아이가 다쳤다. 교실에서 헤엄치는 놀이를 하다가 발이 삐끗해 넘어졌는데 턱 아랫부분이 찢어져 피가 났다. 설핏 보아도 몇 바늘 꿰매야 할 것 같아 응급처치를 하고 전화를 집어 들었다.

 부모님께 전화하려고 수화기를 들다가 그만 내려놓고 말았다. 아이의 부모님이 청각장애인이라는 것이 생각났기 때문이다. 부모님 모두가 청각장애인이라 전달할 내용은 문자로 해달라는, 입학 때 할머니가 하신 말씀이 생각났다. 아이가 턱을 꿰맬 정도로 다친 일은 중요한 일이었다. 더군다나 아이의 부모님은 둘째를 임신하고 있었다. 문자를 통해 잘못 전달된다면 어머니가 놀라 더 안 좋은 일이 생길까 봐 걱정도 되었다. 병원에 가더라도 보호자가 있어야 할 터인데. 그러나 문자를 잘 작성할 수 없었다. 마음이 급하니, 제대로 자판이 눌러지지도 않았다.

결국 문자 쓰기를 포기하고 아이의 할머니께 전화를 드렸다. 자초지종을 설명하며 부모님께 전달해 달라고 부탁했다. 병원에 가야 하니 오실 수 있는지도 여쭤보았다. 지금 직장이라 바로 올 수는 없다며 부모님께 연락하여 어머니를 보내겠다고 한다. 말도 통하지 않는 어머니와 병원에 갈 것을 생각하니 나는 더욱 난감했다. 병원에선 간호사나 의사 선생님께 어머니의 상태를 뭐라고 설명해야 하며, 의사 선생님의 진료 결과를 어머니께는 또 어떻게 전달해야 하나 하는 생각에 걱정이 앞섰다. 이럴 줄 알았으면 평상시 수화라도 좀 배워둘걸 하는 생각마저 들었다. 우선 급한 대로 종이와 볼펜을 챙겨 들었다. 종이에 적어 전달해야겠다고 생각하며 병원 갈 채비를 서둘렀다. 아이가 다친 것도 응급상황인데 부모님과 소통하는 문제까지 엉켜 있으니 머릿속은 더욱 복잡했다.

아이의 손을 잡고 병원 갈 채비를 하며 신발을 신었다. 그런데 할머니가 오시지 않는가. 나는 내심 반가웠다. 집에서 걱정하고 계실 어머니 생각에 마음이 무거웠으나 한편으론 다행스러운 일이라고 생각했다. 할머니는 회사에 양해를 구하고 오셨다고 했다. 아이가 다쳐서 죄송하다고 말씀드리니 "그럴 수 있지요."라며 오히려 담임 선생님을 걱정해 주신다. 부모님이 말을 못 하니 아이가 4살이 되어도 말을 못 한다며 어린이집에서 잘 지내주어 고맙다고 하신다. 아이가 다쳐서 속상하실 텐데도 내색하지 않고 오히려 고맙다는 말에 가슴이 먹먹했다.

아이는 벌어진 턱을 몇 바늘 꿰맸다. 의사는 아이가 치료받는 동안 울지도 않는다며 칭찬을 했다. 나는 아이가 울지 않는 모습에 오히려 가슴이 먹먹해졌다. 아프고 두려운 것을 울음으로 표현하는 것이 아이의 본성일 것인데 왜 울지 않는 것일까. 어릴 때부터 울어봐야 소용없다는 것을 알아버린 것일까. 부모가 청각장애인이라서….

어린아이는 태어날 때부터 자신의 욕구를 울음으로 표현한다. 언어로 자신의 감정을 온전히 나타낼 수 있기까지는 울음이 아이의 언어다. 아이는 울음을 통해 자신의 감정을 전달하고 자신의 욕구를 전달한다. 부모는 아이의 울음으로 그 의미를 파악해 적절하게 대처하며 아이와 소통한다. 그런데 이 아이는 울음을 울 줄 모른다. 말도 할 줄 모른다. 아이가 울지 않고 떼쓰지 않는 것은 부모가 듣지 못하기 때문이고 말하지 못하기 때문이다. 사회의 책임이자 우리의 책임이고 나의 책임이다.

나는 아이에게 울음을 가르치기로 했다. 자신의 욕구를 표현하는 방법을 가르치기로 했다. 그것이 내가 할 수 있는 아이를 위한 일이라 여겼다. 나는 아이의 상처가 아물 때까지 할머니와 어머니를 대신해 병원에 데리고 다녔으며 아이에게 언어를 가르치는 일도 소홀히 하지 않았다. 아이는 다행히 건강해졌으며 어느 날은 친구와의 다툼을 선생님께 일러주기까지 했다. 나는 그 모습을 뿌듯한 듯 지켜보았다.

다리橋

　　　고향 친구들을 만났다. 세월이 흘러도 마음의 힘은 여전하다. 중년이 된 우리는 만나기만 하면 학창 시절 이야기로 꽃을 피운다. 그 시절은 우리에게 소중한 추억이다.

　A가 뜬금없이 다리 이야기를 한다. 김장을 돕기 위해 친정을 다녀왔는데 다리를 지났다는 것이다. 시골과 도시를 연결하고, 가창면面과 대구광역시를 구분하던 바로 그 다리였다. 면내에는 고등학교가 없어 고등학교에 가기 위해서는 무조건 다리를 건너야만 했다. 요즘은 도로가 새로 생겨 다리를 지나지 않고도 도시로 나올 수 있지만 그 시절은 도시와 고향을 이어주는 유일한 통로였다. 버스는 아직도 다리를 통과하여 마을까지 다닌다. 우리는 보통 새로 생긴 도로를 이용해 고향에 가는데 친구는 다리가 있는 옛길을 통해 친정에 갔던 모양이다. 나도 가끔은 다리를 건

너 친정에 가곤 하는데 그럴 때마다 고등학교 시절 다리를 건너는 우리들의 모습이 떠오른다.

날씨가 추운 겨울날 다리를 건널 때면 온몸은 꽁꽁 얼어붙는다. 가창 골짜기에서 불어오는 바람은 채 마르지 않은 머리카락을 여러 갈래의 고드름으로 만든다. 교복 위 잠바는 골짝 바람을 맞기엔 역부족이다. 눈이라도 오는 날이면 눈물 콧물 범벅이 된다. 여름에도 다리 건너기는 쉽지 않다. 비바람이 몰아치면 우산은 날아가 버리고 옷이며 가방에서는 빗물이 뚝뚝 흐른다. 그런 우리들을 위해 버스 기사들은 간혹 수건을 건네주기도 하였는데 물이 뚝뚝 떨어지는 옷을 입고 의자에 앉기도 불편했다. 그런 고생을 하면서도 우리가 다리를 걸어서 건널 수밖에 없었던 것은 순전히 차비를 아끼기 위함이었다.

다리 하나를 사이에 두고 버스요금이 두 배나 차이가 났다. 다리를 건너면 시외 요금이 적용되어 다리를 건너기 전에 내리면 돈을 절약할 수 있었던 것이다. 집집마다 넉넉한 살림이 아니었던 친구들은 다리를 걸어서 건너는 것을 당연하게 여겼다.

여학생들이 다리를 건너기 위해서는 또 다른 위험을 감수했다. 여학생들을 노리는 노출증 환자가 등장한 것이다. 다리 한가운데 노출증 환자의 등장으로 놀란 친구들은 전력 질주로 위기를 모면한 이야기를 늘어놓곤 했다. 나는 노출증 환자를 맞닥트리지는 않았으나 강도를 만났다. 몇 푼 안 되는 학생들의 버스비를 노린 강도가 나타난 것이다. 차비를 뺏겨 친구에게 차비를 빌려 버스를 탄 적이 있다. 그런 위험을 감수하면서도 우리는 다리 건너는 것을 당연한 것으로 여겼다. 다리를 건널 때 친구를 만나면 무척 반가워했다. 사춘기에 대한 고민도 진로에 대한 고민도 나누며 서로가 서로에게 힘이 되어 주었다. 그렇게 우리는 다리를 건너며 우리의 꿈을 키워나갔다.

나는 다리를 건널 때면 〈애수〉라는 영화를 떠올리곤 했다. 〈애수〉는 로버트 테일러와 비비언 리가 나오는, 세계 2차 대전을 배경으로 펼쳐지는 전쟁영화이자 사랑 이야기이다. 영국의 다리 워털루 브리지가 배경이 된 영화인데 나는 다리를 건너며 워털루 브리지를 걷는 상상을 하곤 했다. 몇 년 전 영국 여행길에서 그 다리를 직접 걸어 보았는데 학창 시절의 꿈이 이루어지는 신기한 경험을 했다. 지금도 한 해가 가고 새해가 오는 마지막 순간에 스코틀랜드 민요인 〈애수〉의 OST 〈올드 랭 사인〉이 흐르면 가슴 한쪽이 먹먹해진다. 워털루 브리지도 내가 학창 시절 걷던 다리도 잔잔한 울림이 되어 다가온다.

A는 남편에게 다리 이야기를 하였더니 시큰둥한 반응을 보였다고 한다. 차비 몇 푼 아끼자고 그런 위험을 감수했냐며 그때의 우리를 이해하지 못했다고 한다. 다리는 허기진 다리였지만 허기를 채울 수 있는 다리였고, 위험의 존재였지만 극복의 다리였다. 우리는 다리를 건너며 다리를 넘어선 인생을 살 수 있도록 서로를 격려했다. 그런 다리이기에 만나기만 하면 다리 이야기로 꽃을 피우는 것이다.

나는 "Love doesn't end just because we don't see each other. 다시 만나지 못한다고 사랑이 끝나는 건 아니에요."라는 〈애수〉의 대사를 떠올린다. 사랑의 꿈도 인생의 꿈도 꿀 수 있었던 것은 다리를 건넜기 때문일 것이다. 마음의 다리도 건너본다.

선물

      생일을 맞이했다. 내가 좋아하는 가수 이찬원의 사진을 넣은 머그잔과 쿠션 그리고 무릎담요가 생일 선물로 배달되었다. 내가 덕질하는 가수의 굿즈를 갖고 싶어 하던 것을 기억하고, 때마침 내 생일이 다가오자 지인이 생일 선물로 보낸 것이다.

    쉰이 넘은 나이에 좋아하는 가수의 굿즈를 직접 산다는 것이 용기가 나지 않아 망설였는데, 지인이 어찌 알았는지 내가 원하는 것들을 턱 하니 보내 주니 횡재한 기분이었다. 더군다나 내 생일까지 기억해 주니 얼마나 고마운 일인가.

    올해는 생일 축하를 두 번이나 받았다. 양력 생일에는 직장동료들이 케이크로 축하해 주었다. 나는 음력 생일을 진짜 생일로 챙기고 양력 생일은 그냥 지나치는데 양력 생일을 챙겨 준 것이다. 요즘 사람들이 양력을 이용하니 양력 생일에 맞춰 준비한 것이리라. 아침에 출근하니 직접 준비한 케이크에 촛불을 켜 생일 노래를 불러 주는 것이 아닌가. 그것도 케이크에는 여러 송이의 붉은 장미로 수를 놓고 글귀까지 새겨져 있었다.

"원장님은 좋겠다. 든든한 우리가 있어서."

케이크 위에 새겨진 글귀를 보는데 순간 눈물이 핑 돌았다. 나에게도 내 편이 있었구나 하는 생각에 가슴이 먹먹해져 왔다. 지금껏 미온적이었던 삶들이 갑자기 주인공이 된 듯 환해졌다. 선물 이상의 큰 감동을 준 내 편에게 고마움을 전한다.

어릴 때 나는 생일날이 되어도 변변한 미역국 한번 못 얻어먹었다. 육 남매 키우기도 빠듯한 시골에서 아이들의 생일은 별것 아니었다. 더군다나 딸이 네 명이나 되는 집의 막내딸은 있으나 마나 한 존재였다. 나는 나에게 생일이 있으며 생일은 태어난 것을 축복하는 날이라는 것조차 모르고 자랐다.

그나마 어머니가 흰 쌀밥을 하는 날이면 누군가의 생일이구나 싶었다. 곡식이 넉넉하지 않은 계절에는 그것마저도 꽁보리밥으로 바뀌었지만, 우리는 누구 하나 생일 선물 같은 것은 꿈도 꾸지 않았다. 동네 사람들은 입에 풀칠하기도 어려운데 부모 등골 빼먹는 딸들만 무성하다며 나무랐고, 딸을 낳은 어머니 역시 마을 사람들 앞에 당당하지는 못했다. 넷째 딸인 내가 인문계고등학교를 다니고 대학 공부까지 하자 동네에서는 더욱 말들이 많았다.

나는 대구에서 여고를 나왔다. 시골에는 고등학교가 없어 대구로 통학하게 된 것이다. 고등학교에서 짝꿍이 손꼽아 기다리는 날이 있었는데 바로 생일날이었다. 생일이 되면 미역국을 먹고 케이크에 초를 얹어 조촐한 파티도 하며 특별한 선물을 받는다는 것이었다. 생일 선물이 무엇일까를 고민하며 기다리는 친구를 보니 딴 세상의 사람처럼 느껴졌다. 같은 하늘 아래 이렇게 다르게 살아가는 사람도 있구나 싶었다.

짝꿍의 행복한 표정과는 달리 나는 고민에 빠졌다. 짝꿍의 생일을 위해 선물을 살 돈이 부족했다. 내가 마련할 수 있는 돈은 기껏해야 간식값 정도였다. 시골에서 도시까지 차비를 빼고 나면 늘 돈이 빠듯했다. 몇 주일 동안 모아도 얼마 되지 않았는데 그것도 친구가 원하는 선물을 사기엔 턱없이 부족했다. 주고 싶은 선물을 마음대로 고를 수 없는 내 상황이 더욱 나를 견딜 수 없게 만든 것이다.

다행히 지금의 나는 예전과는 많이 달라졌다. 생일 선물 정도는 충분히 살 수 있을 만큼 여력을 갖췄다. 오히려 무엇이 필요할까를 몰라 고민하게 된다. 선물은 받는 것보다 주는 것이 더 행복하다고 하더니 정말 그런 모양이다. 내가 선물을 받을 때도 좋지만 무엇보다 상대방이 기뻐하는 모습을 보면 덩달아 기분이 좋아진다.

나는 이번 생일을 기분 좋게 보냈다. 선생님들이 케이크에 글귀까지 새겨 준 것은 나에게 많은 힘이 되었다. 물론 내가 좋아하는 가수의 굿즈를 받은 것도 잊을 수 없지만, 올해 생일은 두 배로 행복한 순간이었다. 나는 케이크를 자를 수가 없어 한동안 두고 보았다. 방부제를 듬뿍 얹어 영원히 보관하고 싶을 정도였다. 너무 소중한 것은 먹어도 사라지지 않는 것임을 알지만 나는 감히 케이크를 먹을 수가 없었다. 든든한 우리라는 말이 참 좋았다.

다람쥐와 호두

시골집 돌담 옆에 서 있는 호두나무에 제법 많은 호두가 열렸다. 시아버님의 굳은살이 밴 대나무 장대를 꺼내 호두를 턴다. 매질을 피해 떨어지는 호두는 누런 속살을 드러내며 껍질을 벗는다.

초록색 옷을 탈피한 호두의 맨몸을 보자 내 몸의 속살을 보여준 듯 부끄럼이 몰린다. 그것도 잠시, 사랑하는 남정네를 꼬여낸 듯 기분이 좋아진다. 작년보다 수확이 많다. 팔뚝 힘줄을 드러내며 대나무 장대를 들고 서 있는 남편이 삼손 같다. 떨어지는 호두를 소쿠리에 담으며 어린 시절 추억 한 자락을 떠올린다.

초등학교 시절 우리 집에는 아름드리 큰 호두나무가 있었다. 아버지는 호두를 팔아 추석빔을 사주셨는데 그때만 해도 호두는 일본으로 수출하는 작물이라 값이 꽤 나갔다. 밭 근처 언덕에 여러 그루의 호두나무를 키우고 있었다. 호두나무는 내가 태어나기 전부터 터를 잡고 있었는지 나무가 크고 곧았다.

호두가 영그는 여름날에 다람쥐로부터 호두를 지키는 것은 추석빔을 빌미로 아버지가 우리에게 내린 특명이었다. 처음 호두나무를 지키라고 하였을 때 나는 속으로 쾌재를 불렀다. 아무것도 하지 않고 나무 그늘에서 다람쥐를 쫓는 것은 식은 죽 먹기처럼 쉬운 일이라고 생각했다. 심부름도 집 안 청소도 면제되었고 무더운 여름날 시원한 나무 그늘 아래서 놀기만 하면 되는 일이었다. 엄마는 점심때도 내려올 것 없다며 도시락까지 푸짐하게 싸 주었다. 나는 도시락에 과자까지 챙겨 언덕으로 향했다. 하루하루가 소풍 가는 것처럼 즐겁고 기분이 좋았다.

나는 호두나무 아래 돗자리를 깔았다. 집에 있는 낡은 밥상도 하나 챙겼다. 처음에는 밥상을 펴 숙제를 했다. 그림도 그리고 나무 주변을 돌아다니며 잎들을 모아 관찰일지도 썼다. 숨겨 온 만화책도 실컷 봤다. 숙제하기 싫은 날은 바닥에 누워 온종일 하늘을 보았다. 하얀 솜털 같은 구름이 느릿느릿 흘러가는 모습이며 바람에 흩날려 쏜살같이 흩어지는 구름을 매일같이 보았다.

어떤 날은 금방이라도 푸른 물이 뚝뚝 흐를 것 같이 하늘이 맑았다. 그런 날은 푸른 하늘에 바람이 먹구름을 몰고 올까 봐 조마조마했다. 비행기가 지나면 구름길이 열렸다. 비행기를 쫓다 보면 어느새 내 마음은 우주로 향하고 있었다. 우주선을 타고 별나라 달나라를 여행하고 있었다.

가끔 풀숲에는 새들이 제풀에 놀랐는지 기척 소리를 냈다. 매미도 울었다. 온종일 울어 대는 매미 소리는 자장가처럼 평온했다. 자장가만 들려오는 고요한 언덕에서 스르륵 잠이 들어 버렸다. 방해받지 않는 낮잠을 얼마나 잔 것일까. 개미가 코를 간지럽혔다. 그 바람에 잠에서 깼다.

"아! 이럴 수가."

호두나무에는 다람쥐 두 마리가 호두를 까먹고 있었고 그 주변에는 물기 먹은 호두 껍데기가 여기저기 흩어져 있었다. 나는 다급하게 소리를 치며 발을 굴렀다. 두 팔로 나무를 흔들었으나 덩치 큰 나무는 꼼짝도 하지 않았다. 대나무 장대를 들고 와 다람쥐를 향해 힘껏 내리쳤다. 길이가 짧았다. 다람쥐는 아직도 나무에 떡하니 버티고 있었다. 추석빔 원피스가 날아갈 판국이었다.

나는 나무를 오르기 시작했다. 안간힘을 쓰며 나무에 올라 나뭇가지를 흔들었다. 그제야 다람쥐가 기척을 느꼈는지 자취를 감추었다. 정신을 차려 보니 너무 높이 올라와 있었다. 덜컥 겁이 났다. 조심조심 발을 디뎌 아래로 내려왔다. 헉! 나는 가지에서 그만 떨어지고 말았다. 정신이 아득했다. 잠시 숨을 고르고 일어나 몸을 살펴보니 여기저기 피멍이 들었지만 괜찮은 것 같았다. 나는 아버지에게 이 일을 비밀에 부쳤다.

호두나무 아래서 다람쥐를 쫓는 일은 생각보다 어려웠다. 조용하면 다람쥐는 사람이 없는 줄 알고 어느새 나무에 올라와 있었다. 분명 나무 둥지로는 올라가지 않았는데도 나무에 앉아 호두를 까먹고 있었다. 나무와 나무 사이 가지를 타고 오르내리는 듯 보였다. 다람쥐는 생각보다 머리가 좋았다. 나도 나의 영역을 표시해야만 했다. 돌을 주워 가만히 있는 나무에 던지기도 하고 노래를 불러 사람이 있다는 인기척을 보여야 했다. 나는 〈학교 종이 땡땡땡〉이나 〈산골짝 다람쥐〉를 수도 없이 불렀다. 내가 알고 있는 노래를 그때 모두 부른 듯하다.

그해 추석에 나는 추석빔을 받지 못했다. 아버지는 호두가 덜 여물어 추석에 맞춰 수확할 수 없었기 때문이라고 했지만 나는 다람쥐 탓이라고 생각했다.

처음 수확한 작물은 주인이 먼저 맛을 보아야 한다며 남편이 호두를 깐다. 누런 껍질을 벗기니 아기 피부 같은 우윳빛 속살이 나온다. 속살을 꺼내 나에게 먹어보라며 권한다. 나는 반쪽을 입에 넣고 다른 반쪽은 남편의 입에 넣는다. 그리스 신화에서 술의 신이 사랑한 여왕 카리아의 몸을 호두나무로 변신시켰다고 하더니, 호두의 맛이 여인의 젖 맛처럼 달콤하다. 고소한 것을 보니 신들의 음식이 맞는 모양이다.

프라하의 오페라 극장에서 호두까기 인형을 보았는데 남편은 여행의 피로로 꾸벅꾸벅 졸고 있는 나를 보고 의아해했었다. 유명한 오페라 극장에서 세계적인 발레 공연을 보는데 어떻게 잠을 잘 수 있느냐는 것이었다. 호두까기 인형을 보는 것도 호두나무를 지키는 것도 나에겐 분명 중요한 일이었다. 그러나 잠 앞에서는 속수무책이었다.

남편은 나무에 호두를 몇 개 남겨 놓는다. 어릴 적 아버지가 그랬고 시아버님이 그랬듯 다람쥐를 위한 밥이라며 호두를 남겨 둔다. 나는 까치밥이라며 애써 다람쥐를 무시한다. 다람쥐가 겨울잠을 자기 위해 양식을 비축하듯 남편도 호두를 자루에 담는다.

얼굴

TV를 본다. 인형같이 예쁜 아이돌 스타들이 나와 춤추고 노래를 부르는 음악방송이다. 딸과 비슷한 또래들이다. 딸의 얼굴을 쳐다본다. 나쁘지 않은 얼굴이지만 예쁘다고는 할 수 없다. 눈은 작고 주근깨도 있다. 마침 휴일이라 지나가는 말처럼 넌지시 성형을 권해 본다. 쌍꺼풀 수술을 하든지 주근깨라도 좀 빼면 어떻겠냐고 했다. 딸은 한칼에 거절한다. '내 얼굴이 어때서'라는 투다. 어떻긴, 못난이지. 그러니까 좋은 나이에 남자친구도 없이 주말을 집에서 보내고 있는 거지.

"쟤네 좀 봐라. 얼마나 이쁘니?"

"연예인이니까 그렇지, 엄마는. 별걸 다 트집이야."

딸은 전혀 얼굴에 손댈 생각이 없어 보인다. 아이돌 스타들이 부럽지도 않은지 넋을 잃고 TV에만 몰두한다. 슬그머니 부아가

치밀어 오른다. 시대가 외모를 중시하지 않는가. 취직도 하고 결혼도 해야 하는데 시대 흐름에 무작정 역행할 수는 없는 일이 아닌가. 게다가 나는 학창 시절 예쁘지 않은 얼굴 때문에 황당한 일을 겪지 않았던가.

　여고 시절부터 나는 예쁜 얼굴이 아니었다. 쌍꺼풀이 없는 작은 눈매에 콧대도 낮았다. 촌티가 흐르고 햇빛에 더욱 도드라진 주근깨가 얼굴을 덮고 있었다. 작은 얼굴형과 날씬한 몸매만은 그런대로 봐줄 만했다. 교복 자율화의 열풍이 불던 그해 여고생들은 한껏 멋을 부리며 등교했다. 짧은 단발머리가 어깨 밑까지 허용이 되었고 교복을 벗어 던진 여학생들은 서투른 아가씨 흉내를 내고 있었다. 나 또한 그 중심에 있었다.

　그날은 두 살 터울인 언니의 원피스를 빌려 입고 학교로 향했다. 지금도 선명하게 기억하는 갈색과 핑크가 어우러진 체크무늬 원피스였다. 날씬함을 강조하기 위해 벨트를 최대한 안쪽까지 조였다. 23인치의 개미허리는 어깨까지 늘어뜨린 생머리와 더불어 멀리서 보면 영락없는 만화의 여주인공이었다.

　가창면 우록리에서 남산동 경북여고까지 통학하고 있던 나는 파동에 내려 버스를 갈아탔다. 파동은 버스들의 종점이자 출발지인 곳으로 버스 좌석을 마음대로 고를 수 있는 장점이 있었다. 남학생 몇 명이 뒷좌석을 차지하고 나는 그 중간쯤에 자리를 잡았다. 손님은 우리뿐이었다. 유일한 여학생인 나를 두고 남학생들의 대화가 오갔다.

"마음에 들면 네가 가서 말을 붙여봐."

"내가 대신 가줄까?"

누가 나에게 말을 걸어 볼 것인지에 대해 남학생들끼리 대화가 오갔다. 그들의 대화는 나에게까지 또렷이 들려왔다. 남학생들의 흥분된 목소리가 나의 긴 머리칼을 넘어 가슴 속에 내려앉자 심장은 마구 뛰기 시작했다. 꽃을 찾아 윙윙거리는 벌들의 날갯짓처럼 나의 심장도 빠르게 윙윙거리고 있었다.

나는 마음을 감추기라도 하듯 허리를 꼿꼿이 세우며 창밖을 응시했다. 마침내 남학생이 다가와 어깨를 살짝 두드렸다.

"저…."

남학생의 손이 돌연 멈추어졌다.

"어…! 아니네!"

남학생은 말을 꺼내다 말고 되돌아갔고 나는 부끄러움에 얼굴이 화끈거렸다. 결국 나는 벌들의 날갯짓에 애꿎은 마음만 다친 채 버스에서 내리고 말았다.

그 사건은 나에게 작은 상처로 남았다. 고등학교 시절 얼굴 때문에 얼마나 주눅이 들었던가. 화장은 물론 성형수술은 생각도 못 하던 시절이었다. 다행히 무던한 남편을 만나 탈 없이 살아오던 참이었는데 딸의 평범한 용모가 나를 불편하게 할 줄이야!

음악 방송이 끝나자 독일의 수상 메르켈에 대한 뉴스가 나온다. 그녀는 수수한 옷차림의 자연스러운 얼굴로 유명하다. 세계에서 가장 영향력 있는 여성이지만 소박하고 꾸미지 않는 외모 또한 국민에게 신뢰를 얻고 있다.

독일인들은 그녀를 18년 동안이나 선택하였고 헌신과 성실함으로 8천만 독일인들을 이끌었다. '세계의 여인'이라는 별명을 가진 마르켈이 퇴임사를 한다. 메르켈의 퇴임사는 독일 국민의 전례가 없는 뜨거운 반응을 불러일으켰다. 전 국민은 집 발코니로 나가 6분 동안 따뜻한 박수를 보냈다. 찬사, 위선, 공연 등은 없었고 "글로리 메르켈!Glory Merkel"을 외치는 사람도 없었지만 자발적인 박수였다. 한 기자가 물었다.

"우리는 당신이 항상 같은 옷만 입고 있는 것을 주목했습니다. 다른 옷은 없나요?"

그녀가 대답했다.

"나는 모델이 아니라 공무원입니다."

TV를 끄고 거울을 본다. 세월의 흔적들로 주름살이 더 늘었다. 자연스러움으로 치면 메르켈 이상이다. 엄마로서, 아내로 사는 삶도 만만치 않았음을 증명하는 얼굴이다.

딸의 얼굴도 마찬가지다. 찬찬히 뜯어보니 곱상하기도 하고 귀염성 있는 얼굴이 메르켈보다는 낫다는 생각이 들었다. 어느새 부아가 미소로 번졌다.

손

　　일본으로 가는 비행기 안이다. 잘 차려입은 남자가 내 옆자리에 와 앉는다. 노트북을 들고 창가 쪽 사람과 이야기를 하는 것으로 보아 거래처 직원과 함께 출장을 가고 있는 듯하다.

　　이륙한다는 기내 방송이 나오자 그가 황급히 안전벨트를 맨다. 점차 속도를 내며 흔들리는 소리와 함께 몸이 뒤로 쏠리더니 비행기가 하늘을 향해 솟아 오른다. 순간 그가 놀랐는지 팔걸이를 꽉 움켜쥔다. 나도 팔걸이를 움켜쥐다가 살짝 스치는 손끝의 떨림으로 그가 무서워하고 있음을 직감한다.

　　비행기가 처음인가? 아니면 고소공포증이 있나? 팔걸이를 잡고 있는 그의 손이 얼마나 힘을 주고 있는지 힘줄이 돋고 손등이 벌겋게 달아올랐다. 그의 손을 잡아주고 싶은 충동이 인다. 여자인 내가 그의 손을 덥석 잡는다면 무안해할까? 감추고 싶은 약점을 여자한테 들켜 버려서 자존심 상해할까? 아니면 내가 그의 손을 잡는 순간 두려움을 나누는 동질감이 생겨 위로가 될까? 생각은 갈래로 흩어지고 비행기는 하늘에 떠 균형을 유지한다. 그제야 그의 손에 힘이 스르르 풀린다. 팔걸이를 잡고 있던 손이 언제 그랬냐는 듯 자유를 얻는다.

손이 참 곱다. 뽀얗고 갸름한 것이 여자 손 같다. 필시 궂은 일은 하지 않고 사무실에서 컴퓨터나 두드리며 서류 작업을 하였으리라. 손에서 귀티가 나는 것이 여자들이 좋아할 타입이다.

내 손을 들여다본다. 검버섯처럼 거무죽죽한 모양의 반점이 자리를 잡고 있다. 제사에 쓸 부침개를 급하게 굽다 기름이 튀어 훈장처럼 검게 변한 흔적들이다. 조심성이 없기도 하지만 급한 성격 탓에 손이 남아나지를 않는다. 여자 손이라고 하기엔 내가 봐도 민망하다. 젊을 때는 손이 작고 야리야리하여 예쁘다는 소리를 제법 들었는데, 세월 속에 주름과 함께 손도 나이를 먹은 것이다.

그 흔한 손톱 화장 한번 제대로 하지 않은 푸석한 손을 바라보다 가방 속 핸드크림을 꺼내 발라본다. 크림이 스며들기 시작하는 손을 들여다보니 잊었던 기억 하나가 떠오른다. 생명의 끈이 사그라지고 있을 때 따뜻한 손길 하나가 내 손을 타고 심장으로 전해져 삶의 끈을 이어주던 그날이다.

몸이 아프기 시작했다. 진즉부터 병원을 가고 싶었으나 직장에서 급한 일이 생겨 때를 놓쳤다. 분명히 뭔가가 단단히 탈이 난 모양이었다. 잠을 자고 있는 남편을 깨워 서둘러 응급실로 향했다.

몇 가지 검사를 하더니 수술을 해야 할 것 같다고 한다. 서둘러 입원을 하고 다음 날 수술을 하기로 했다.

수술실에 들어가기 전 링거를 달고 항생제 주사를 맞았다. 뭔가가 몸에 확 퍼지는가 싶은 순간 발작이 왔다. 드라마에서만 본 듯한 항생제 부작용 쇼크였다. 피부 반응으로 항생제 부작용 테스트를 할 때는 별 이상이 없더니 밤새 앓은 탓인지 몸이 견뎌 내지를 못했던 것이다. 혈압이 떨어지고 산소마스크를 쓰며 정신이 혼미해지려는 순간이었다.

멀리서인 듯 애타게 나를 부르는 소리가 들려왔다. 남편의 목소리였다. 심장을 두드리며 의식을 잃지 않게 하려고 애를 쓰는 간호사 뒤쪽으로 남편의 사색이 된 얼굴이 눈에 들어왔다. 남편의 손이 내 손을 덥석 잡았다. 그것은 식어가는 심장에 생명을 불어 넣는 것과도 같았다.

몸을 부르르 떨며 내 몸과 정신은 남편의 온기로 깨어났다. 생명이 다시 시작되는 순간이었다. 따뜻한 체온이 나에게 닿는 순간 신기하게도 공포와 두려움이 사라지고 평온한 호흡이 찾아왔다. 그렇게 나의 위험한 고비는 지나갔다. 아직도 그때의 그 따뜻함과 온기가 생생하게 기억난다.

그 일이 있은 후 나는 다른 사람의 병문안만 가면 환자의 손을 잡는다. 두 손을 꼭 잡고 나의 체온을 그에게 나누어 준다. 36.5도의 체온이 그에게로 전해져 공포와 두려움이 사라질 것을 기대하며, 그의 아픈 곳을 덥히고 낫게 할 것을 믿는다.

허지만 나의 이 손잡기가 더러는 객기로 비춰질 때도 있다. 지금처럼 이륙할 때 옆 사람을 걱정하는 경우가 해당된다. 비행기 공포가 있는 남자한테 낯선 여자가 손을 잡아 어쩌려고? 주름진 얼굴에 손까지 거친 여자가 36.5도의 체온을 주어 뭐 하려고?

　주위가 부산해지는가 했더니 승무원이 음료를 권한다. 주스를 받아든 그의 손을 다시 바라본다. 반지를 끼고 있다. 사랑의 징표다. 앞으로 전개될 인생의 긴 여정을 약속하며 손과 손이 교감을 나누었으리라. 본 적도 없는 그의 아름다운 천사를 상상하며 나도 주스를 받아든다.

미션

　　　　　미션이 주어졌다. 남편과 내가 하루 동안 치러
야 하는 미션이었다. 한국에서라면 누워서 떡 먹기가 아니던가.
굳이 미션이라며 호들갑을 떨 이유조차 없다. 여기는 오스트리
아 잘츠부르크다. 동유럽을 여행한 지 여러 날이 지났다. 아직도
우리는 미지의 섬을 떠도는 무어인처럼 방향감각이 없는 여행객
이다. 오늘 하루 해야 할 일은 빈에서 빌린 렌터카를 제시간에 반
납하고 게트라이데 거리에 있는 모차르트 박물관을 둘러본 후 무
사히 호텔로 돌아오면 된다. 다만 오늘은 가이드이자 보호자처럼
챙겨주던 딸이 동행하지 못한다. 딸은 잘츠부르크의 빨래방을 은
밀히 수소문 중이다. 우리가 아무런 준비나 가이드도 없이 여행
하게 된 것은 순전히 베드 버그 때문이다. 한국에서 빈대라고 불
리는 베드 버그가 빈의 호텔 방에서 딸의 피부를 물어뜯었다. 베

드 버그는 할슈타트를 거쳐 잘츠부르크에 이를 때까지 소리 없이 그 세를 확장했다.

한 해의 마지막 날 밤, 중심가에 있는 호텔들이 이미 만석이 되어버리자 빈의 뒷골목 허름한 호텔에서 딱 하룻밤을 지냈을 뿐인데, 그사이 딸은 베드 버그의 먹잇감이 되고 말았다. 우리나라에서조차도 자취를 감추어 보기 드문 빈대가 21세기 유럽의 호텔 방, 그것도 침대에 서식하고 있다니 참으로 놀라웠다. 해가 떠 있는 시간이 짧은 동유럽의 긴 겨울 때문일까. 유럽에서는 햇빛 좋은 날 베란다에 나와 일광욕을 즐기는 일이 일상이라고 하더니 정말 옷이라도 벗어 던지고 햇볕이라도 쬐야 하는 것일까. 인터넷에서 베드 버그 때문에 곤욕을 치른 이야기를 가끔 듣기는 하였으나 막상 당하고 보니 참으로 난감하였다. 부랴부랴 호텔 방을 옮기고 가지고 간 연고로 응급처치 하였으나 그 형세는 수그러들지 않았다. 결국, 잘츠부르크에 도착하자마자 제일 먼저 빨래방을 찾은 것이다. 옷이며 가방, 하물며 신발까지 모든 물품을 세탁기에 집어넣었다. 뜨거운 물로 소독하고 건조한다면 베드 버그를 사멸시킬 수 있을 것 같았다. 고온으로 빨래를 하고 건조까지 하는 데 꽤 오랜 시간이 걸렸다.

여행이란 새롭고 흥분되는 일들의 연속이지만 때로는 예상치 못한 문제들로 곤욕을 치르곤 한다. 그런데도 여행은 잘 익은 노을처럼 아름다운 색깔을 띤다. 세월이 흐른 뒤 맛있는 과일을 베어 문 듯 상큼한 기억들로 오랜 시간 음미한다. 아름다운 친구처럼 동행한다. 이것이 바로 여행하는 이유일 것이다.

딸이 빨래하는 동안 남편과 나는 여행을 계속하기로 했다. 이곳은 세계적인 음악가 모차르트의 생가가 있는 곳이 아니던가. 천재 음악가가 태어나고 머물렀던 곳, 이곳에서 그냥 빨래하며 하루를 흘려보낼 수는 없었다.

렌터카 반납은 순조롭게 진행되었다. 생각보다 쉽게 사무실을 찾았다. 딸은 차를 반납하고 나면 정산금을 줄 것이라고 했다. 정확한 금액은 모르지만, 돈을 받아오라는 딸의 말을 기억하며 몇 가지 사인을 한 뒤 의자에 앉아 기다렸다. 그런데 직원들의 눈치가 이상하다. 아무리 기다려도 돈을 주기는커녕 용무가 끝났는데도 왜 가지 않느냐는 눈치다. 한국이라면 단박에 돈은 언제 주냐고 물어보았을 것이다. 여기는 독일어를 쓰는 잘츠부르크가 아니던가. 머리로는 무슨 말이라도 건네보라고 하는데 정작 단어 하나 떠오르지 않았다. 마음 한구석에선 우리가 한국인이라 돈을 떼어먹을지도 모른다는 생각까지 들었다. 그 순간 나도 모르게 말이 튀어나왔다.

"Money, please!"

그는 우리에게 무엇인가를 설명했고 나도 그에게 뭐라고 말을 했지만 우리는 둘 다 알아듣지 못했다. 그는 자기의 언어를 사용했고 나는 나의 언어를 사용한 것이다. 결국 딸에게 전화해 직원과 통화를 하게 했더니 정산금은 통장으로 들어온다며 그냥 오면 된다는 것이다.

한 번의 곤욕을 치른 탓인지 거리로 나오자 몹시 불안했다. 보이는 간판들이 모두 다 독일어로 되어 있어 더욱 불편했다. 그렇다고 그냥 호텔로 돌아갈 수는 없었다. 우리는 미션을 수행하는 톰 크루즈처럼 다시 용기를 내 모차르트 박물관으로 향하는 버스를 찾았다. 또다시 개그 수준의 손짓, 몸짓, 영어, 독일어를 동원해 박물관이 있는 거리에 내렸다. 지척에 두고도 한참을 헤매었으나 결국 게트라이데 거리에 있는 노란색 박물관에 도착했다.

박물관은 소박했다. 그의 유명세로 보아 크고 웅장한 건물일 것이라는 기대와는 달리 보존과 역사를 고증한 노란색 건물이었다. 좁은 통로와 계단을 지나니 그가 생전에 거주했던 방이 나왔다. 작곡할 때 사용한 피아노며 악보들, 그리고 그의 유품들을 보자 천재적인 음악가인 그도 한 인간이었음에 오히려 친근함이 솟구쳤다. 음악을 위해 세상과 타협한 흔적과 세상을 위해 음악을 고민한 흔적들이 그의 악보 속에 검은 음표로 빼곡히 들어 있었다.

중세 시대 문맹인들을 위해 그림으로 간판을 만들었다는 게트라이데 거리에서 늦은 점심이라도 먹고 싶었으나 또다시 언어 때문에 고생하고 싶지 않아 그만 포기했다. 대신 세상에서 가장 아름다운 거리로 불린다는 게트라이데 풍경들로 허기를 채웠다. 잘츠부르크의 문화적 특성과 매력이 함축된 철재 수공 간판들이 독특한 아름다움을 발산했다. 나도 철재 수공 간판 하나를 가슴에 새겼다. 여행이 끝나도 잊히지 않을 노란색 프리지어 같은 싱그러운 꽃 한 송이를.

날이 저물자 호텔로 길을 잡았다. 이번에는 무작정 걷기로 했다. 모차르트가 걸어 다녔을 잘츠부르크 거리를 걸어보고 싶었다. 그가 마신 공기, 그가 숨 쉬었던 거리를 걸으며 우리의 여행을 되짚어 보았다. 배가 무척이나 고팠으나 미션 성공으로 우리는 뿌듯했다. 눈앞에 호텔이 보였다.

할슈타트

오스트리아로 여행을 온 지 사흘이나 지났다. 빈에서는 〈키스〉로 유명한 구스타프 클림트 작품도 만나고, 인터넷에서 소개한 유명한 카페에서 줄을 서 기다리며 비엔나커피도 마시는 여유를 즐겼다. 비록 서툴고 힘은 들지만 직접 계획한 여행을 한다는 것은 가슴 뛰는 일이 아닐 수 없었다. 난생처음 접하는 유럽에서의 자유여행, 그것도 차를 빌려서 여기저기 찾아다녔다. 혼자서는 엄두도 못 낼 일을 가족과 함께여서 용기를 낸 것이다.

세계문화유산에 등재된 동화 같은 작은 마을 할슈타트를 향하는 길은 더욱 가슴을 설레게 했다. 작지만 아담한 지상의 낙원 같은 휴식을 주는 마을이라고 해 여행의 휴식을 얻고 싶었다. 유럽 초기 철기문화의 흔적과 세계 최초 소금 광산의 흔적이 남아있는 곳이라고도 했다.

눈 내리는 오스트리아의 고속도로는 아름다웠다. 알프스 산자락에 자리를 잡은 집들은 우리나라 주택과는 모양과 형태가 달랐기에 모든 것이 새로웠다. 거리의 풍경에 취해 요들송을 부르며 달렸다. 여행의 즐거움에 푹 빠져 너무 많은 시간을 보내버린 탓일까? 날은 저물고 도로에는 눈이 쌓이기 시작했다. 속도를 줄이니 벌써 도착해야 하는 할슈타트가 가도 가도 보이지를 않는다.

도로에는 차도 몇 대 없고 집도 흩어져 있어 더욱 낯설었다. 설상가상으로 차에는 스노 체인도 없다. 차를 빌려줄 때 스노 체인에 관해서 물었더니 렌터카 직원은 "No problem!"이라며 딱 잘라 말했었다. 날씨가 변화무쌍한 동유럽이라 스노 체인이 있어야 할 것 같았으나 현지인의 말을 들을 수밖에 없었다.

속도를 줄인 채 미끄러운 도로를 몇 시간이나 달렸을까? 고속도로가 끝나자 마을 길이 나타났다. 마을로 들어서니 이번에는 내비게이션이 가파른 산길을 안내한다. 이 밤에 산길이라니. 눈이 이렇게 많이 쌓여 있는데. 내비게이션을 다시 설정해 보아도 다른 길은 없는 듯 계속해서 산길만 가리켰다.

스노 체인이 없는 승용차를 몰고 있다는 것도, 산길에 눈이 쌓여 통행이 어렵다는 것도 기계인 내비게이션이 알 턱이 없었다. 되돌아갈 수도, 다른 길을 찾을 수도 없어 고갯길 운전이 시작되었다. 가파른 산길을 남편은 혼신을 다해 운전했다. 한 치 앞도 보이지 않는 눈보라 속, 오르막길을 지나니 내리막길이 나오고 평평한 길인가 싶더니 다시 오르막이 나오고 길은 온통 절벽을 물고 있었다.

'만약 여기서 차가 굴러떨어진다면… 긴급구조 요청은 몇 번을 눌러야 되지? 언어도 통하지 않는 타국에서 구조 요청은 어떻게 해야 하나?'

운전에 방해될까 봐 말도 못 붙이고 숨소리도 제대로 못 내고 있었다. 온몸에 용을 쓰며 몇 번의 고갯길을 휘돌았을까. 멀리서 희미한 불빛이 새어 나왔다. 눈보라 사이로 비친 것은 분명 할슈타트 주차장 불빛이었다. 마침내 할슈타트에 도착한 것이다. 주차장에 차를 세우자 차도 사람도 맥없이 후들거렸다.

전쟁터에서 살아 돌아온 병사처럼 호텔 문을 열었다. 여행객들에게는 아담하고 특이한 공간으로 이미 입소문이 자자한 호텔이라고 했다. 알프스 소녀 하이디처럼 옷을 입은 직원이 'CLOSE'라고 한다. 순간 호텔에 빈방이 없나 싶어 가슴이 철렁했다. 예약했다고 하자 그녀는 겸연쩍은 웃음으로 1층 레스토랑은 'CLOSE'라며 2층으로 안내한다.

눈길 속 늦은 시간에 손님이 방문하니 아마도 레스토랑 직원은 호텔 손님이 아니라고 생각한 모양이었다. 예쁜 테이블이 놓여 있는 레스토랑을 가로질러 2층으로 올라갔다. 주인인 듯 보이는 여자가 눈 오는 날씨에 여기까지 온다고 고생했다며 인사를 건넸다. 그녀는 아침 식사 시간과 장소를 일러 주며 3층 객실로 안내했다.

호텔은 중세 시대의 저택, 난쟁이가 머무는 저택을 연상케 했다. 일어서면 머리가 닿을 만한 천장 높이에 벽에는 양초를 꽂아 분위기를 더했다. 나선형으로 된 나무계단을 밟고 올라서니 복고풍으로 장식한 복도가 나온다. 주물 열쇠를 꺼내 방문을 여니 세월을 품고 있는 빈티지 가구와 침대가 한눈에 들어왔다. 마치 빌보 배긴스 하우스(『반지의 제왕』 속)에 온 기분이다.

창문을 열어젖히니 아름다운 밤 풍경이 눈에 들어온다. 조명에 반짝이는 하얀 지붕들을 타고 이웃집을 가보고 싶은 충동에 빠졌다. 늘어진 나뭇가지에 유럽풍 꽈리 모양을 한 주황색 등이 눈과 어우러져 빛났다. 저 멀리 호수가 보이고 가로등에 비친 눈은 호수 속으로 떨어져 살포시 호수의 품에 안기는 듯했다.

긴장이 풀리니 시장기가 돌았다. 할슈타트 현지식을 맛보고 싶었으나 식당이 문을 닫아서 어쩔 수가 없었다. 커피포트에 물을 끓이며 라면을 꺼냈다. 라면 국물에 지친 몸을 녹이자 방금 지나온 눈길이 꿈결처럼 아득했다.

다음 날이다. 〈겨울왕국〉에 영감을 준 고즈넉한 할슈타트 호수마을이 눈앞에 펼쳐졌다. 제설차가 아침부터 눈을 치우더니 관광객들이 하나둘 인사를 건넸다. 빵 굽는 소리, 커피 향 떠도는 소리, 자전거 체인 돌아가는 소리가 뽀드득거리며 할슈타트 마을을 휘감았다.

푸니쿨라(케이블카)를 타고 전망대도 보고 세계 최초의 소금 광산도 둘러볼 생각이었으나 아쉽게도 눈 때문에 운행이 중지되었다. 광부의 모습을 한 포토존 앞에서 사진으로 추억을 담고 박물관을 둘러보는 것으로 대신했다. 아득한 옛날 소금을 뜻하는 '할'에 마을을 뜻하는 '슈타트'를 붙인 할슈타트 소금 마을이 바다였다며 소금 덩어리들이 즐비했다. 바닷속 길을 밟듯 눈길을 걸어보는 것으로 할슈타트를 마음에 담았다.

눈이 그치자 햇살에 비친 마을이 민낯을 드러냈다. 화장하지 않은 민낯이 이보다 더 아름다울 수가 있겠는가. 민낯 속에 우리가 왔던 길 반대 방향으로 시원한 도로가 나 있었다. 차들이 쌩쌩 달리는 도로를 보자 우리는 놀라움을 금치 못했다. 저 길이 어제 저녁 우리가 와야 했던 길임을 비로소 알았다.

서로를 쳐다보며 헛웃음을 지었다. 여행은 쉬운 길을 두고 어려운 길을 경험하는 것이라고 하더니 우리는 어젯밤 어려운 길을 경험한 듯하였다. 산길을 헤매던 기억도 아름다운 할슈타트에 묻으며 붉은 소금 덩이를 만지듯 여행을 즐겼다.

위로

하늘에 떠 있는 주극성을 바라보며

창백한 푸른 점 하나

지구를 응원한다

푸른 별 지구

　　행성 과학자가 단 3명밖에 없는 우리나라에서 2022년 6월 우주 비행체 누리호를 쏘아 올렸다. 누리호 발사 때 전 국민은 가슴을 졸이며 나로 우주센터를 지켜보았다. 누리호는 1차 발사 실패를 딛고 1톤 이상의 실제 위성을 실은 채 발사에 성공했다. 이제 우리나라는 자력으로 위성을 발사할 수 있는 일곱 번째 나라가 된 셈이다.

　　미국이나 소련은 50년 전부터 발사체를 자력으로 발사할 수 있는 기술력을 확보하고 있었지만, 누리호 발사 성공은 한국이 발사체 독립성을 확보했다는 점에서 그 의의가 크다. 8월에는 달 탐사선 다누리호도 발사되었으니 기대가 크다.

　　고등학교 시절 나는 별을 연구하는 사람도 되고 싶었고, 글을 쓰는 사람도 되고 싶었다. 선생님은 고등학교 1학년인 우리에게

문과 이과를 선택해야 한다고 했다. 문과 교육과 이과 교육의 장단점을 모르는 상태에서 우리 인생의 진로가 결정되는 중요한 선택을 해야 한다는 것은 나뿐만 아니라 우리 모두에게도 벅찬 일이었다. 우리는 아직도 그 어려운 인생의 첫 번째 선택을 고등학교 때 하고 있다.

나는 문과 기질도 있고 이과 기질도 있었으나 둘 다 애매했다. 이를테면 영어 점수보다는 수학 점수가 약간 높게 나왔고, 국어 점수는 별 볼 일 없었으나 책 읽는 것은 좋아했다. 과학은 어려웠으나 화학은 전교에서 유일하게 100점을 맞았다. 일주일에 한 시간밖에 배정되어 있지 않은 비중 없는 수업이었지만 나는 꽤 재미있었다. 초등학교 시절 과학실 청소 담당이어서 남들보다 실험기구를 좀 더 많이 알고 있는 것이 화학 점수를 잘 받을 수 있는 이유였던 것 같기도 하다.

내가 다녔던 학교는 과학실과 도서실을 함께 사용했다. 교실 하나를 반으로 나누어 한쪽은 도서실이었고 반대쪽은 과학실이었다. 시골초등학교니 교실이 넉넉하지 않아 그렇게 사용하지 않았을까 추측해 본다. 덕분에 나는 과학실 청소도 하고 도서실 청소도 한 셈이다.

청소하다가 우연히 책을 빼 들었는데 『우주전쟁』이라는 공상과학 도서였다. 읽다 보니 너무 재미있어 책을 빌려 봐도 되는지 청소 검사를 받으러 갔다가 담임 선생님께 여쭤보았다. 선생님은 흔쾌히 허락하셨다. 당시만 해도 도서관에서 책을 빌려보는 학생이 드물었던 시절이라 오히려 칭찬까지 덤으로 받았다. 수업이 끝난 후 나는 과학실에서 청소도 하고 책도 빌려보며 살았던 것 같다.

친구들은 내가 문과 성향이라고 했다. 문과가 이과보다 공부하기도 쉽고 여자들이 취업할 곳이 더 많다고도 했다. 선생님은 의사나 과학자가 되려면 이과를 선택하고, 교사나 은행원이 되려면 문과를 선택하는 것이 바람직하다고 했다. 나는 집이 부자면 이과를 선택하고 가난하면 문과를 선택해야 한다는 것으로 이해했다. 우주과학자가 되고 싶었는데 친구들은 돈을 버는 직업은 아니라고 했다.

지금도 가난한데 별을 연구하며 평생을 가난하게 살 생각을 하니 답은 분명했다. 하기 싫은 영어 공부가 부담은 되었지만 나는 문과를 선택했다. 아이러니하게도 대학 진학 때 국문과보다는 영문과가 취업이 잘된다고 해 국문과로 원서를 썼다가 막판에 영문과로 고쳐 적었다. 덕분에 나는 4년 동안 하기 싫은 영어를 억지로 공부하며 영문과를 졸업했다.

내가 문과를 선택하지 않고 이과를 선택했다면 지금쯤 우주를 연구하는 과학자가 되었을까. 타이탄(토성의 위성)으로 박사 학위를 받은 심채경 교수처럼 목성이나 화성 또는 그에 딸린 위성이나 행성들을 연구하는 사람이 되었거나, 누리호가 발사될 때 성공적인 발사에 눈물을 흘리며 책상 위 서류를 휘날리는 세리머니를 하는 연구원. 아니 그러고 싶었다. 그것은 나의 꿈이었다.

최초의 여자 우주인 김소연처럼 우주를 다녀오고도 싶었고, 탐사선 보이저호가 보내오는 무수한 자료들을 판독하는 나사의 연구원이 되고 싶었다. 그렇게 하지 못한 것 또한 나의 선택이었고 후회하고 싶지는 않다. 나름 문과 인생에도 잘 적응해 가고 있는 것 같으니까.

그러나 나는 나를 대신해 우주를 연구하는 사람들, 부족한 예산으로 마음대로 연구를 펼치지 못하는 천문학자들을 응원하고 싶다. 그들이 있어 명왕성의 아름다움도 알게 되었고, 프록시마 센타우리 같은 별이나 안드로메다 같은 은하가 있다는 것도 알게 되었다.

과학논문에서는 항상 저자를 'I'가 아닌 'We'라고 칭하는데 연구는 내가 인류의 대리자로서 행하는 것이고 그 결과를 논문으로 쓰는 것임을 의미해서 그렇게 표기한다고 한다. 'We'는 인류를 상징하는 것이리라.

나는 인류를 위해 수고하는 사람들, 보이저호에 관한 이야기를 조금 더 이어보려고 한다. 1977년 행성 탐사선 보이저 1호, 2호는 각각 지구를 떠났다. 보이저는 태양계 행성들을 여행하며 사진을 찍거나 자료들을 지구로 보낸다.

그들은 태양계 주변들의 행성을 관찰하고 특히 목성과 토성 근처를 돌며 가스층과 산맥, 지질, 미지의 세계 등에 관한 자료들을 보내왔다. 보이저들의 안테나는 늘 지구와 교신할 수 있도록 지구 방향으로 향하고 있는데, 182억km나 떨어져 있는 지금도 희미한 신호를 보내오고 있다.

보이저는 이제 점점 태양계 끝자락을 벗어나고 있다. 태양계를 벗어나기 직전 성간 우주를 떠돌며 지구를 향한 마지막 사진을 찍었다. 태양광으로 카메라 렌즈가 타버릴지도 모르는 위험을 감수하며 자신이 떠나온 고향을 잠시 되돌아보는 행운을 얻어 카메라 픽셀에 찍은 것은 창백한 푸른 점 하나 지구였다. 빛의 속도로 16시간 반이나 걸리는 거리에서 바라본 지구는 창백한 푸른 점 하나였다.

182억km나 멀리 날고 있는 보이저는 이제 태양계를 벗어나 먼 우주로 날아갈 것이다. 지구인의 모습을 보여주는 비디오와 남녀의 모습 그리고 55개국의 언어로 된 인사말을 실은 채 그렇게 우리 곁을 떠나갈 것이다.

우리 은하는 수천억 개의 별로 이루어져 있으며 날마다 조금씩 우주가 팽창하고 있다고 한다. 별은 폭발하기 전 가장 밝은 초신성이 되는데, 초신성이 폭발하면 먼지가 되고 사라진 별 먼지가 우주먼지로 뭉쳐져 다시 별이 된다. 그래서 지구 같은 행성이 탄생하고, 생명이 탄생하고, 인간이 태어났다.

인간은 우주 속 아주 보잘것없는 원소에 불과하지만, 인공위성을 만들고 우주선을 만들고 탐사선을 만들며 미지의 세계를 탐험한다. 원소였던 우리가 미지의 세계로 보이저호를 떠나보내며 수십 광년이 지난 후에도 인간의 흔적이 우주 그 누군가에게 전해질 수 있기를 기대하는 것이다.

나는 나의 문과 인생도 더없이 소중하지만 누리호나 보이저호 또한 인류를 위해 소중한 존재라고 생각한다. 명왕성을 행성의 지위에서 제외하려고 할 때 인류는 명왕성 탐사선 뉴 호라이즌스호를 보낼 정도로 매우 큰 관심을 보였다. 이러한 관심은 'We'를 대표해 연구하는 사람들에게는 더없는 힘이 될 것이다. 비록 내가 자외선과 적외선을 구분하는 것조차도 어려워하는 사람이지만 'We'를 위한 꿈을 응원한다. 그들의 꿈은 동시에 나의 꿈이기도 하니까.

2024년 다시 달로 향할 미국의 우주 비행사는 BTS의 노래를 들으며 우주를 항해할 것이라고 한다. 나는 나의 관심이 그들에게 힘이 되었으면 좋겠다. 혹시 내가 쓴 수필 한 편이 푸른 별 지구인에게 힘이 될지 누가 알겠는가. 나는 오늘도 하늘에 떠 있는 주극성을 바라보며 창백한 푸른 점 하나 지구를 응원한다.

단돈 천 원

요즘 세상에 단돈 천 원으로 무엇을 할 수 있을까? 시내버스 요금이라도 낼 수 있을까?

설날을 맞이해 유치원 아이들과 세배법에 대해 알아보았다. 복주머니를 선물로 주며 설날에 세뱃돈을 받으면 어떻게 하는지에 대해서도 이야기를 나누었다. 아이들의 세배가 시작되었다. 세배가 끝난 후 세뱃돈이라며 천 원을 주었더니 아이들마다 반응이 다르다. 어떤 아이들은 천 원이라는 돈이 큰돈이 아니라는 것을 아는지 멋쩍어한다. 또 다른 아이들은 돈이라는 것 자체에 고마움을 나타낸다. 천 원은 아이들에게도 그리 큰돈은 아닌 듯하다.

오래전 일이다. 서른을 바라보는 딸아이가 어린이집을 다니던 시절이었으니 이십 년도 더 된 이야기다. 막 학원을 운영한 터라 학생들을 모집하기 위해 저녁이면 광고지를 돌렸다. 낮에는 수업하고 저녁에는 광고지를 돌렸는데 딸을 돌보아 줄 사람이 없어 몇 번 데리고 다녔다. 담요를 챙겨 장난감과 함께 차에 두고 다녔는데 아무래도 걱정이 되었다. 어쩔 수 없이 아이를 골목 어귀에 서 있게 하고 대문마다 광고지를 밀어 넣었다. 아이도 엄마를 돕는다며 고사리 같은 손으로 따라 했다.

그렇게 한 골목이 끝나면 다음 골목으로 이동하곤 했는데 골목마다 어스름한 저녁 풍경이 눈에 들어왔다. 가로등도 희미한 한 골목에 들어서는데 아주머니 한 분이 쓰레기를 버리기 위해 대문 밖으로 나왔다.

손을 호호 불며 한 여자가 아이와 함께 광고지를 대문 밑으로 밀어 넣고 있으니 측은해 보였던 모양이다. 몇 마디 말을 건네더니 황급히 집으로 들어가 다시 나온다. 아이의 손에 천 원을 쥐여 주며 '젊을 때 고생은 괜찮다'라며 어깨를 다독였다. 순간 눈물이 핑 돌았다. 아이 앞에서 눈물을 보일 수 없어 입술을 깨무는데 어느새 아주머니는 대문 안으로 사라졌다. 대문 사이로 뒷모습을 쫓으니 안채가 아닌 쪽문으로 들어가는 것이 보였다. 아마도 집주인이 아니라 세를 얻어 사는 셋방살이인 것 같았다.

천 원 한 장 지폐만 보면 아직도 그때의 그 고마움을 잊을 수가 없다. 살면서 아무런 대가 없이 호의를 받아 본 적이 몇 번이나 있었던가. 누군가가 생각지도 못한 호의를 베푼다는 것은 길을 잃은 사막에서 물을 건네받은 것처럼 고마운 일이다. 나는 그 고마움이 너무 커 살면서 나도 저렇게 베풀며 살아야겠다고 생각했다.

요즘이야 천 원 한 장이 버스비도 되지 않지만, 당시에는 천 원 한 장은 꽤 큰돈이었다. 천 원이면 붕어빵 한 봉지를 사고도 남았으며 포장마차 물 어묵도 배부르게 먹을 수 있었다. 두부에 파까지 곁들인 풍성한 된장국도 가능했으니 돈 천 원은 그녀 가족의 한 끼 식사를 포기한 돈이었을지도 모른다. 나는 지갑 속에 오래도록 그 돈을 간직했다.

폐휴지를 줍는 사람에게 음료수를 권한다. 겨울에는 따뜻한 커피라도 한 잔 태워 손수레를 불러 세운다. 내가 그렇게 하는 것은 아주머니로부터 시작된 것이다. 나눔은 나눌수록 커진다고 하였던가. 나는 유치원 아이들이 따뜻한 마음을 가진 아이들로 자랐으면 좋겠다. 아직은 돈 천 원의 귀중함을 알지는 못하지만 늘 나보다 못한 다른 사람을 먼저 생각하는 그런 아이들로 자랐으면 한다. 내가 세뱃돈으로 천 원을 주는 것은 그러한 이유일 것이다.

세뱃돈 천 원을 복주머니에 넣었는데 없어졌다며 한 아이가 울먹인다. 교실 바닥에 떨어진 천 원을 찾아 주었더니 금방 웃음꽃이 핀다.

마블 인형

        유치원 잔디마당에 아이들을 위해 네 쌍의 마블
인형을 데려왔다. 절구 방아를 들고 있는 토끼 한 쌍과 지게를 메
고 항아리를 이고 있는 농부 부부, 전통 혼례복을 입은 신혼부부,
푸른색 멜빵바지를 입은 남녀 한 쌍이다. 석회암이 높은 열과 강
한 압력을 받아 변질한 돌을 마블이라고 하는데, 도자기보다는 단
단한 것이라 인형의 재료로 많이 사용한다.
    여덟 개의 마블 인형으로 짝을 지어 잔디밭에 세워두니 녹색의
잔디와 어울려 제법 그럴싸하다. 아이들이 마당에서 뛰어놀며 자
신들보다 조금 작은 인형들에게 말을 건넨다. 머리를 쓰다듬으며
예쁘다고 하자, 마치 살아있는 인형처럼 웃는다. 그 모습에 인형
을 데려온 일이 잘한 일이다 싶어 기분이 좋아진다. 저녁이 되자
벌써 제집처럼 자리를 잡은 인형들에게 퇴근 인사를 하고 집으로

향했다.

이튿날 아침 유치원 마당에 들어섰다. 간밤에 인형들이 바람에 넘어지기라도 했을까 봐 제일 먼저 눈이 간다. 왠지 허전하다. 찬찬히 살펴보니 잔디마당에 세워둔 인형 한 쌍이 없지 않은가. 전통 혼례복을 입은 신혼부부 한 쌍이 보이지 않는다.

바람에 쓰러졌나? 꽃들과 나무를 헤집어 보고 쓰레기통까지 뒤져 보아도 찾을 수가 없다. 선생님들이 아이들을 위해 교실로 가져갔나 싶어 물어보았다. 아무도 어제 이후로 본 적이 없다고 한다. 신혼부부가 데이트하러 외출했나라며 혼잣말을 하니 선생님이 피식 웃는다. 아이들과 함께 있다 보니 생각하는 것이 아이들 수준이라며 나도 덩달아 웃음이 난다.

아니다. 인형들은 마블 인형이다. 코가 길어지는 피노키오도 아니고 제 발로 집을 나갈 수는 없다며 교무실에서 방송하기 위해 마이크를 집어 들었다.

"아아. 가출한 신혼부부 인형을 찾고 있습니다. 잔디밭에 어제 이사 온 신혼부부 한 쌍이 사라졌습니다. 우리 어린이들이나 교직원 중에 본적이 있는 분은 교무실로 연락을 주세요."

방송까지 하며 기다려도 신혼부부는 돌아오지 않는다. 아이들도 집에 가고 퇴근 시간이 되었다. 도둑의 소행이라고 보기에도 애매하다. 분명 도둑은 인형 전부를 가져가지 한 쌍만 챙겨 가지는 않을 것이다. 여러 가지 추측과 상상을 해보니 이웃 사람이 아이의 성화에 못 이겨 잠시 들고 갔다가 다시 가져다 두는 걸 깜빡

했을 거란 생각에 도달했다. 내일까지 기다려 보기로 하며 퇴근 길에 올랐다.

다음 날 아침 서둘러 출근을 했다. 신혼부부가 돌아와 있는 모습을 상상하며 제일 먼저 잔디밭으로 달려갔다. 앗! 눈앞에 펼쳐진 광경에 입이 딱 벌어졌다. 신혼부부는커녕 멜빵바지 인형 한 쌍도 없어지지 않았는가.

'인형들이 정말 집단 가출을 했나? 살아 숨 쉬는 진짜 인형도 아닌 것이 이틀 사이 두 쌍이나 집을 나갈 수는 없다. 아무리 아이들이 생활하는 동화 같은 유치원이지만 무슨 마술을 부리는 것도 아니고. 도대체 밤새 무슨 일이 있었던 걸까?'

흥분을 가라앉히며 인형들의 정체를 밝히기로 했다. 교무실로 허겁지겁 뛰어 들어와 CCTV를 돌려 보았다. 퇴근 후부터 다음날 출근 때까지 인형들에게 무슨 일이 일어났는지를 꼼꼼히 살펴보았다. CCTV 속 잔디밭의 하룻밤은 꽤 길었다.

몇 마리의 고양이들이 잔디밭을 누비며 놀고 있었다. 연인인 듯 남녀가 잔디밭 모퉁이 벤치에 앉았다 갔다. 대문이 없는 탓이다. 잔디밭은 대문이 없다. 굳이 대문이 없어도 될 것 같아 여태 대문을 달지 않았다. 바리케이드 정도만 있어서 마음만 먹으면 누구나 드나들 수 있다. 가끔 동네 아이들도 놀다 가곤 하는 놀이 터다. 가로등 불빛에 벌레들만 날갯짓할 뿐 밤새 인형들은 자는 듯 꿈쩍도 하지 않는다. 새벽이 되자 잔디가 촉촉이 젖어왔다.

그때였다. 손수레를 끌며 할아버지 한 분이 골목을 지나간다.

다리를 절며 모자를 푹 눌러쓴 할아버지가 손수레를 입구에다 세우더니 잔디밭으로 들어온다. 잔디밭을 한 바퀴 휙 돌아보더니 인형 한 쌍을 번쩍 집어 든다. 할아버지의 양손에 인형이 맥없이 끌려간다. 인형들은 고물이 실린 손수레에 깊숙이 박힌다. 할아버지는 아픈 다리를 끌며 천천히 CCTV 화면 속에서 사라진다.

전전날에도 똑같은 할아버지가 인형을 들고 손수레에 싣는 모습을 보고 나는 망연자실했다.

'잔디밭에 세워두어서 고물이라고 생각했나? 고물이라고 하기엔 너무나 새것인데. 이 일을 어쩌지? 며칠 더 지나면 인형들이 전부 없어질지도 모르겠다. 신고해야 할까? 그냥 모른 척해야 할까?'

영화의 한 장면을 보는 듯했다. 영화 〈레미제라블〉 속 장 발장이 스친다. 하필이면 할아버지가 장 발장을 닮았다. 배고픈 조카들을 위해 훔친 빵 한 조각에 꼬여 버린 인생. 허름한 옷차림에 다리를 절며 손수레를 끌며 고물을 줍는 장 발장. 〈레미제라블〉을 보며 자베르 경감을 얼마나 싫어했던가. 평생을 장 발장을 쫓아다니며 괴롭힌다며 보는 내내 그를 얼마나 미워했던가. 그 자베르의 역할을 내가 해야만 하다니.

한참을 고민하다 경찰서에 전화했다. 아이들을 위해 자베르가 되기로 한 것이다. 경찰은 CCTV를 보더니, 인근 고물상에 가보겠노라 한다.

반나절이 지났을까. 경찰서에서 연락이 왔다. 인형을 찾았으니 직접 와 확인해 달라고 한다. 경찰서 문을 여는데 마음이 착잡했다. 결국 자베르가 될 수밖에 없겠구나.

신혼부부와 멜빵 인형들이 아무것도 모른 채 환히 웃으며 책상 옆에서 나를 반긴다. 그 모습을 보니 자베르는 어느새 사라져 버렸다. 인형을 찾았으니 할아버지를 처벌하고 싶지 않다며 경찰관에게 말했다. 아무런 죄도 묻지 말았으면 좋겠다며 몇 가지 서류에 사인을 했다. 경찰도 선처하겠노라 한다.

인형들을 덥석 품에 안았다. 두 쌍의 인형들을 한꺼번에 안으니 몸이 휘청했다. 다시는 잃어버리지 않겠다는 듯 있는 힘을 다해 인형들을 끌어안으며 경찰서를 나왔다.

"얘들아, 이제 집에 가자."

그해 봄

된장국을 끓인다. 냉이와 달래를 넣고 끓인 된장
국을 도시락 국통에 담는다. 남편을 위한 점심 도시락이다. 보온
병에는 물과 커피도 담고, 겨울을 몰아낸 싱싱한 토마토를 썰어
꿀을 끼얹어 반찬 통에 담는다. 중참으로 먹을 생각이지만 벌써
부터 입에 침이 고인다. 냉동실에 얼려놓은 떡을 꺼내 가방에 담
으니 푸짐한 도시락이 되었다. 도시락 가방을 메고 길을 나선다.

남편은 일어나자마자 서둘러 시골로 향했다. 쉬는 날이면 시골
에 가서 농사일한다. 토요일이 되면 나는 남편을 위해 점심 도시
락을 준비한다. 농사일도 거들 겸 도시락을 챙겨 시골로 향한다.
코로나19로 도시 속 외출이 어려워지자 시골 가는 날이 상대적으
로 많아졌다. 시골에서는 숨이라도 맘 편하게 쉴 수 있기 때문이다.

쑥이며 냉이를 캐는 재미 또한 쏠쏠하다. 직접 캔 냉이로 된장

국을 끓이면 일품요리가 된다. 밭 언저리에서 돗자리를 깔고 먹는 된장국 도시락은 호텔 뷔페 못지않다. 날씨가 맑은 날은 더욱 기분이 좋다. 마스크를 벗어 던지고 바람에 두 뺨을 맡긴다. 겨우내 움츠렸던 냉기를 털고 봄볕에 얼굴도 몸도 말린다. 코로나도 잠시 잊게 된다.

도시락을 들고 현관문을 나서다가 병원을 들른 후에 시골로 가야겠다고 생각한다. 기침을 달고 있는데 코로나로 오해할까 봐 한 달 가까이 병원에 가지 못했더니 알레르기 기침이 더욱 심해졌다. 시골로 가기 전 기침약을 받을 생각에 가끔 들르던 병원으로 향했다. 병원 안은 사람들로 붐볐다.

간호사가 열 체크를 하고 신천지 교인은 아닌지 해외 다녀온 이력이 있는지 등 몇 가지를 묻는다. 대구는 신천지교인들의 코로나 집단 발병으로 아직도 어수선하다. 열 체크를 하더니 37도가 넘는다며 다시 재본다. 요즘 들어 갱년기 증상으로 열이 가끔 있다며 대수롭지 않게 말하고 자리로 가는데 간호사의 안색이 심상치 않다. 신문을 펼쳐 들고 몇 장 넘기려는 순간 진료실 문이 열리더니 의사 선생님이 놀라 뛰어나온다.

"코로나 의심 증상인 것 같으니 선별진료소로 가세요."라며 퉁명스럽게 야단치듯 말한다. 의사 선생님의 표정은 이미 큰일이 난 듯 빨리 병원을 나가 주었으면 하는 눈치다. 병원 안 사람들의 시선이 일제히 나를 향하고 나는 졸지에 코로나 환자 취급을 받는다. 아무 말도 못 하고 쫓기듯 밖으로 나왔다.

의사의 태도에 기분이 나빴지만 나는 그보다 내가 진짜 코로나 환자인가 싶은 생각에 갑자기 멍해졌다. 머리에 열이 있는 것 같기도 하고 괜찮은 것 같기도 했다.

시골로 가려던 차를 돌려 선별 진료소로 향했다. 드라이브 스루 진료소는 차들이 많지 않았다. 체온을 재더니 열은 정상이라고 한다. 긴 면봉으로 코의 점막을 채취하고 입 안 깊숙이 무언가를 채취하더니 결과가 나올 때까지 꼼짝 말고 집에 있으라 한다. 자가 격리 수칙이 적혀있는 쪽지를 받아 들고 집으로 향했다.

도시락을 꺼내 식탁 위에 놓는다. 남편의 점심이 걱정되어 전화했더니 알아서 하겠노라며 오히려 나를 염려한다. 그때부터 나는 스스로를 집에 가두었다. 평상시와 다름없는 집인데도 갇혀있다고 생각하니 가슴이 답답해 왔다.

거실 창문을 빠끔히 열었다. 활짝 열고 싶었으나 그것 또한 이웃에게 바이러스가 전파될까 봐 조심스러웠다. 베란다 창가에 비둘기가 몇 마리 앉아 있었다. 창가였지만 바깥세상이라 생각하니 비둘기가 부럽기까지 했다. 자유란 이런 것이구나라고 생각하며 마음을 진정시켰다. 그 순간 문자가 왔다.

'김남희 님의 코로나19 검사 결과 음성입니다.'

다행이었다. 비로소 감금이 풀린 기분이었다. 남편은 유통기한 지난 라면으로 점심을 때운 후였고 된장국은 고스란히 국통에 식어 있었다. 햇빛은 이미 저녁을 맞을 채비를 하고 있었다. 그해 봄에 우리는 누구나 코로나로 두려움에 떨었다.

바다

바다는 도시 사람들에겐 정신적인 안식처다. 드넓은 모래사장과 푸른 바다는 해방과 자유를 준다. 반면 바다는 어업에 종사하는 사람들이나 항해를 하는 사람들에겐 생존을 위한 삶의 현장이다. 바다는 아직도 인간의 손이 닿지 않은 미지의 세계가 존재한다고 하니 바다야말로 대단하지 않은가.

나는 가끔 포항에 있는 삼정 해수욕장을 찾는다. 삼정 해수욕장은 휴가철이라 해도 사람이 그다지 많지 않다. 조용하고 아담해 매년 이곳을 찾는데 올여름에도 휴가차 해수욕장을 찾았다. 회도 먹고 수영도 하며 하루를 가족과 함께 즐겁게 보내고 싶었다.

예년보다 해수욕장이 한산하다. 코로나 때문일 것이라 생각하며 자주 가던 횟집에 자리를 잡았다. 선주가 직접 잡아 왔다는 회 한 점을 입에 넣고 바다를 바라보는데 바지선이 시야를 가렸다.

잠수부를 동원해 바다를 가로지르며 테트라포드로 방파제를 놓고 있었다.

가뜩이나 사람도 적은 곳인데 방파제를 놓아 버리면 해수욕장으로서의 구실을 할 수 없을 것 같아 주변 횟집들이 걱정되었다. 여름 한철 바다를 찾는 피서객으로 생계를 꾸려 가는 사람들인데 아무래도 장사에 타격이 있을 것 같아 주인에게 넌지시 물어보았다. 몇 해 전 태풍으로 집이나 가게가 엄청난 피해를 보았는데, 사람의 목숨까지도 위협하는 태풍을 막으려면 별수 있겠냐고 한다.

그러고 보니 아들이 어렸을 때 아빠와 함께 게를 잡던 바닷가 갯바위도 못 들어가게 막아 놓은 것 같았다. 근처 예쁜 카페도 사라졌다. 카페는 태풍에 휩쓸려 몇 해 전 사라졌다고 한다. 카페가 있던 곳은 일몰이 예뻐 SNS에도 소문이 퍼져 사람들이 많이 찾았던 곳이다. 나도 가족들과 카페에서 사진을 찍으며 커피를 마신 적이 있다. 카페도 바닷가 집도 태풍으로 흔적도 없이 사라져 버렸으니 방파제를 쌓아 피해를 줄여보려는 자구책이었을 것이다.

시야가 가려버린 바다는 전망이 잘 나오지 않았다. 지금은 그나마 배가 막고 있지만 방파제가 들어선 다음에는 바닷가에서 일몰이나 제대로 볼 수 있을까 염려되었다. 하지만 해수면 상승으로 태풍이 조금만 거세져도 파도가 덮치니 어쩔 수 없는 일일 테다.

바다는 해수면이 높아지면 태풍의 영향을 더 많이 받는다고 한다. 우리나라는 전 세계 해수면 상승률보다 더 빠른 속도로 높아지고 있는데 삼면이 바다인 우리나라는 해수면 상승이 큰 문제일 것이다. 제주도는 이미 전 세계 해수면 평균 상승률보다 두 배 나더 높아졌다고 한다. 2030년이 되면 전 국토의 5%가 태풍의 영향으로 물에 잠기게 될 것이라 하니 해운대의 모래사장이나 인천 공항은 사라질 위험에 처한 셈이다.

해수면 상승은 전 세계적으로도 문제가 되고 있는데 남태평양의 키리바시 섬이나 몰디브는 물에 잠길 처지에 놓였다고 한다. 수몰 위기에 놓인 키리바시 섬은 이미 죽음의 과정이 진행되고 있고 수억을 들여 집단 이주를 위한 땅까지 사들이고 있다고 한다. 우리나라에서도 바닷가 땅이 예전보다 헐값에 거래되고 있다고 하니 바다의 변화를 심각하게 고민하여야 할 것이다.

점심을 먹은 우리는 구명조끼를 입고 바다에 들어갔다. 몇몇 아이들도 바닷가에서 물놀이를 하거나 모래 장난을 치고 있었다. 바닷물에 몸을 담그니 더운 여름이 한풀 꺾이는 것 같았다. 남편이 생존 수영을 가르쳐줘 이리저리 물 위에 뜨는 연습을 했다. 바닷물의 호흡이 느껴지는 듯 마음도 순해졌다. 앞으로도 해수욕장을 계속해서 찾을 수 있었으면 하는 생각을 해 보았다.

더 이상 바다가 나빠지지 않아 고즈넉한 아름다움이 그대로 보존되었으면 하는 바람이다. 아마존 밀림보다 더 많은 산소를 만들어 내고 있다는 바닷속에서 조개를 찾으러 자맥질을 해 보았다. 바다는 아직 건재했다.

나는 바다에서 나와 몸을 말렸다. 바지선이 싣고 온 테트라포드를 바다 밑바닥에 다 깔았는지 돌아갈 채비를 하고 있었다. 바지선보다 작은 예인선이 와서 바지선을 줄로 묶어 끌고 가고 있었다. 마치 어린아이가 거인을 끌고 가는 듯해 웃음이 났다. 작은 힘이라도 무시하지 않는다면 불가능한 일은 없을 것이라 여기며 집으로 올 채비를 서둘렀다.

영수증을 붙이며

한 달 동안 모아둔 영수증을 꺼낸다. 돈을 지출하고 나면 회계시스템에 기록을 남기고 한 달이 지나면 기록한 자료들을 종이에 출력해서 영수증을 붙인다. 이런 일을 직장에서 매달 반복한다.

한 달 동안 쓴 영수증을 들여다보니 직장 살림살이가 한눈에 들어온다. 무엇을 사고 어디를 갔는지 마치 코로나 확진자의 동선을 보는 듯 훤하다.

직장에서 매달 회계장부를 정리하고 영수증을 붙이는 일은 결코 쉬운 일이 아니다. 지출증빙을 위해 영수증을 붙이다 보면 이렇게까지 해야 하나 싶다가도 직장의 특수성으로 어쩔 수가 없다. 소액의 그것이라도 붙여져 있지 않으면 상급기관으로부터 지적을 받는다. 한 달 동안 쓴 영수증이 장부와 딱 맞아떨어지면 몸에 꼭 맞는 옷을 입은 것처럼 기분이 좋다. 반면 그것이 하나라도 없으면 온종일 찾아 헤맨다. 몇백 원을 증빙하는 것이라도 분실한 경우엔 재발급받기 위해 몇 배의 노력과 시간을 들인다. 며칠 전에는 영수증 하나가 없어 사무실 서랍이며 가방이며 발칵 뒤집었다. 기억에는 물건을 사고 그것을 받았을 것 같은데 아무리 찾아도 보이지 않는 것이다. 가게로 전화해 재발급해 달라고 했더니 직접 방문하라고 한다. 결국 먼 거리를 차를 몰고 다시 찾았다.

습관적으로 물건을 사고 모으다 보니 지갑 속에는 늘 영수증이 가득하다. 돈보다 종이가 지갑의 주인 행세를 한 지 오래되었다. 사람들은 두둑한 지갑을 보며 현금이 많은 줄로 오해하고 한마디씩 한다. 막상 지갑 안을 보여주면 돈보다 그것이 많은 것에 의아해하며 지갑 정리를 좀 하라고 핀잔을 준다.

영수증은 개인과 나라의 역사를 만든다. 특히 개인의 소소한 일상까지 기록한다. 개인의 추억과 시간이 영수증에 그대로 나타나 그의 옛 추억들을 더듬게 한다.

영화에서 주인공이 책갈피에 끼워둔 영수증을 꺼내보며 기억을 회상하는 장면이 나왔다. 이 장면은 업무의 연장선으로만 생각하던 나에게 영수증에 대한 생각을 달리하는 계기가 되었다. 네 잎 클로버를 책 속에 끼워두고 꺼내보던 시대에서 영수증을 꺼내보는 시대로 사회가 변하고 있는 것이다.

영수증 챙기는 일을 반복하다 보니 나도 모르게 그것에 의존한다. 수학 공식처럼 딱 맞아떨어지지 않는 날이면 뭔가가 찝찝하다. 특히 사람과 사람 사이에서 더욱 그렇다. 사소한 오해가 생길 때면 나의 마음에 영수증을 붙여 상대에게 보여 주고 싶을 때가 있다. 영수증이 사람의 마음을 대변할 수 없음에도 그것에 기대는 모습에 나도 의아하게 생각한다.

얼마 전 일이다. 모임에서 지인에게 쓴소리를 했다. 애초에 충고를 할 마음은 없었으나 이야기를 하다 보니 자연스레 입에서 흘러 버렸다. 지인의 얼굴색이 어둡다. 괜한 이야기를 꺼냈나 싶어 후회하였으나 이미 입에서 뱉어진 말이라 어쩔 수 없었다.

지인은 상처를 받았는지 오랫동안 연락을 하지 않았다. 전화를 해도 겉치레 인사만 하고 마음속 말들은 꺼내지 않으며 경계를 한다. 좋은 감정으로 이어 온 그간의 세월도 허망하게 무너지는 것 같았다. 평상시 내가 지인을 진심으로 좋아했던 것도 퇴색해지는 것만 같아 영 마음이 불편했다. 내 마음은 그럴 뜻이 없음을 영수증이라도 써서 보여주고 싶은 심정으로 세월만 보냈다.

얼마의 시간이 흘렀을까? 지인과의 관계는 다시 예전처럼 회복되었다. 종종 만나 카페에서 수다를 떨며 별일 없었던 듯 잘 지낸다. 그때의 내 말에 상처받지 않았느냐고 물어보고 싶지만 지인도 나도 묻어 둔다. 굳이 물어보지 않더라도 상처를 주기 위해 한 말이 아니었음을 지인도 아는 것 같다. 영수증에 의지하지 않고도 지인에게 나의 마음이 잘 전해진 것 같아 정말 다행이었다.

사람이 살아가는데 일일이 영수증을 붙인다면 얼마나 삭막하며 피곤해질까? 붙여야 할 곳에 영수증을 붙인다.

연蓮

　　　어린이집 아이들과 함께 오랫동안 생활하다 보니 사물을 보는 눈도 아이들을 닮았다. 꽃을 볼 때도 잎을 볼 때도 아이들 입장에서 생각하게 되고 아이들 편에서 생각하게 된다. 연꽃을 볼 때도 마찬가지다. 아름답고 우아하게 핀 연꽃을 보며 감탄하다가도 활짝 핀 연잎을 가지고 아이들과 놀이를 한다면 어떠할까를 생각한다. 직업병이다.

　아이들과 연꽃 놀이를 하고 싶어 연蓮의 계절을 기다렸다. 무더운 여름날 연을 찾으러 연못으로 향했다. 넓은 연잎의 앞면을 이용해 물이 이슬처럼 또르르 구르는 모습도 보여주고 비와 햇빛을 가리는 우산 놀이도 해보고 싶었다. 연꽃으로 미술 활동까지 기대하며 아이들의 반응을 상상했다. 막상 연잎을 구하려고 하니 어디서 구해야 할지 막막했다.

도시 근교에 있는 연못을 찾았으나 연못에 주인이 있을까도 싶었고, 주인이 있다고 해도 늘 연못을 지키고 있는 것도 아니니 그 넓은 연못에서 주인을 목 놓아 부를 수도 없는 노릇이었다. 이리저리 차를 몰며 몇 군데 기웃거리다가 겨우 연꽃과 연잎을 구했다.

연꽃이 만발한 연못은 장관을 이루었다. 맑은 물보다는 진흙 속에서 꽃이 더 커진다더니 잎도 크고 꽃도 싱싱했다. 물 위에 잎과 꽃을 띄워 연못 전체를 하나의 작품처럼 수놓은 연蓮들은 천진난만한 어린이집 아이들처럼 맑고 순수해 보였다. 연꽃이 생명과 번영을 상징한다고 하였던가? 출산율이 저조한 요즘 시대에 연꽃의 생명을 이어받아 아이들의 웃음소리가 넘쳐나기를 소망해 본다.

연잎은 내 머리를 덮고도 남아 땅을 가리니 비와 햇빛을 가리는 우산 놀이를 하기엔 딱 안성맞춤이었다. 연잎의 물을 머금지 않는 발수성도 이참에 보여준다면 아이들은 분명 자연이 주는 마술에 신기해할 것이다. 연잎으로 싼 밥을 보여 준다면 모든 나뭇잎으로 쌈밥을 만들 것이 분명했다. 연근 반찬이 연꽃의 뿌리라는 것을 알면 눈을 동그랗게 뜨며 호기심 어린 눈으로 볼 것이며 연꽃차를 맛본다면 맹물 같은 꽃향기에 인상을 찌푸릴 것이다.

그런 상상을 하니 웃음이 나왔다. 손톱만 한 연밥의 씨앗이 어른들의 수명보다도 훨씬 더 오래 견딘다는 것에 얼마나 신기해할까를 생각하며 연밥과 연잎 그리고 연꽃 몇 송이를 잘라 가슴에 안았다. 물속에 있을 때는 몰랐는데 가위로 잘라 품고 보니 잎도 크고 줄기도 대단했다. 가슴속 연 때문에 앞이 안 보였다. 저녁이면 잠을 자듯 오므라들고 아침이면 기지개를 켜듯 활짝 피어난다는 연꽃도 펼치니 태양을 낳는 존재처럼 풍성했다.

신문지를 깔고 차 뒷좌석에 태우니 저절로 콧노래가 나온다. 사랑하는 연인을 뒷좌석에 태운 듯 가슴이 설레기까지 한다. 카페에 들러 차가운 아메리카노를 한 잔 들이켰다. 연꽃을 품에 안은 탓일까? 커피에서 연꽃차 향이 난다. 에어컨으로 더위를 식히며 어린이집으로 향했다.

이상한 일이 벌어졌다. 어린이집에 도착하자 뒷좌석에 태운 연들이 삽시간에 시들시들 말라가고 있는 것이 아닌가. 그 큰 연잎들이 오그라들어 호박잎보다 더 볼품없는 작은 잎으로 변해가고 있었다. 물에서 잘라 온 지 채 몇 시간도 되지 않았는데 벌써 잎이 마르다니 이해할 수가 없었다.

줄기도 굵고 잎도 넓어 하루 정도는 물 없이도 끄떡없을 것만 같았는데. 에어컨 탓인가? 더위 때문인가? 황급히 항아리에 물을 받았다. 시든 연들을 꽂아 목을 축이게 했다. 꽃병에 꽃을 꽂아두면 다시 살아나듯 그렇게 연도 다시 생생해지기를 기다리며 물을 항아리 턱밑까지 채워 주었다.

다음 날 아침 활짝 핀 연을 기대하며 출근길에 올랐다. 아! 어제 그 싱싱하던 나의 연들은 어디로 갔단 말인가. 전날보다 더 수분이 빠져 볼품없이 말라비틀어진 연들이 항아리에 꽂혀 있는 것이 아닌가. 연들은 밤새 물을 빨아들이지 못한 것 같았다. 도대체 무슨 이유일까. 왜 물을 빨아들이지 못한 것일까. 연의 발수성 때문인가. 텅 빈 연대의 구멍 때문인가.

　씨앗이 땅속에 숨어 이천 년 동안이나 죽지 않고 발아했다는 일본 이즈모의 연을 떠올렸다. 중국에서도 천 년 동안이나 땅속에 묻혀있던 씨앗이 싹을 틔운 연꽃이 있다고 하지 않던가. 한국에서도 칠백 년 된 아라홍련이 있는데, 씨앗은 그렇게 오랫동안 살 수 있는 연이 왜 잎은 고작 하루도 버티지 못한단 말인가.

　서운한 마음을 달래기라도 하듯 말라버린 연을 화단에 꽂아 보았다. 진흙탕 속에 연을 심어 다시 살리고 싶은 욕심이 불현듯 일었다. 아이들이라면 분명 그렇게 할 것 같았다.

　결국 연은 생명을 다했다. 생명을 다한 연을 가위로 잘라 흙 속에 묻었다. 좋아했던 인연을 흘러보내듯 연을 땅에 묻으니 내내 마음이 불편했다. 나의 무지함으로 또 다른 생명을 빼앗은 듯, 나의 이기심으로 천년을 살 생명을 마감시킨 듯 내내 불편했다. 연못에 있어 오래 두고 볼 것을, 그대로 두어 자신만의 삶을 살아갈 것을 내가 가해자가 된 듯 미안했다. 나는 연을 흙 속에 꼭꼭 묻어 주었다.

　남은 연밥 하나와 어린잎 하나를 들고 아이들에게 보여 주었다. 머리 위에 씌워주니 미니 우산이 되었다. 아이들의 웃음 위에 작은 연자육 하나 떨어진다.

화환

지인의 승진이 내정되었다고 한다. 사무관으로 승진하는데 뜻밖의 소식인지 목소리가 밝다. 입사 동기보다는 빠른 승진인 것 같아 무척 기뻤다. 지인에게는 경사가 아닐 수 없어 축하의 말을 연거푸 쏟아냈다.

옛날에는 큰 승진을 하면 고향마을에 현수막을 달았다. 아무개가 높은 벼슬에 올랐다며 온 마을이 잔치를 벌이며 축하해 주었다. 고향마을 어귀에 현수막이 걸리면 당사자가 아니더라도 그 사람이 같은 고향 사람이라는 것만으로도 괜히 어깨가 으쓱했다. 없는 촌수까지 만들어 내며 아무개와의 연관성을 생각하곤 했다. 지인의 고향마을에 현수막을 걸어 축하해 주지는 못하더라도 화분을 보내 마음을 전하고 싶었다. 지인의 얼굴을 닮은 화사한 꽃 화분으로 축하의 마음을 담고 싶었다.

몇 해 전부터 거래해 오던 꽃집 전화번호를 뒤적인다. 문자를 할까 하다가 안부도 물을 겸 전화기를 집어 들었다. 신호가 가자 한참 만에 전화를 받는다.

보통은 남자 사장님이 전화를 받는데 오늘따라 여자가 받는다. 쉰 목소리다.

"여보세요? 꽃집 아닌가요? 사장님 좀 부탁드립니다."

여자는 조용하고 온기 없는 목소리로 누구냐며 묻는다. 화분 주문 때문에 전화했다며 사장님을 바꿔 달라고 했다. 여자는 잠시 망설이더니 자기에게 주문하라고 한다. 주인이 바뀌었냐며 재차 채근하자 여자는 떨리는 목소리로 말을 잇는다.

"남편이 하늘나라로 갔습니다."

순간 묵직한 침묵이 흘렀다. 나는 놀라움에 말을 잃고 잠시 머뭇거렸다. 여자가 침묵을 깨며 그간의 사정을 늘어놓는다.

남편이 등산을 다녀왔는데 설사를 하였다고 했다. 며칠 동안 앓더니 손쓸 겨를도 없이 그만 목숨을 잃고 말았다는 것이다. 여자도 갑자기 당한 일이라 경황 중에 지인들에게도 알리지 못한 채 장례를 치렀다고 했다. 남편을 보내고 이제 겨우 정신을 차려 꽃집 문을 열었다고 한다. 오늘같이 남편의 전화기가 울릴 때면 아직도 가슴이 무너져 내린다고 한다. 지병이 있었냐며 묻는 말에 여자는 얼버무린다. 나는 그녀에게 조의를 표하며 화분을 주문했다.

남자는 참 성실한 사람이었다. 내가 어느 곳에 있든지 전화 한 통이면 화환을 보내주었다. 축하 화환이든 근조 화환이든 구분

없이 말을 해도 그는 적절하게 그에 맞는 화환을 보내주었다. 화환에 붙이는 리본의 문구가 생각나지 않을 때도 그는 적당한 문구를 알려주며 이렇게 적으면 되겠냐고 물어주었다. 비록 값을 치르고 배달시키는 화분이라 할지라도 그는 그 이상의 마음을 담아 꽃을 보내주며 나의 도리를 할 수 있도록 챙겨주었다.

얼마 전만 해도 그는 화환을 배달하였노라 사진과 함께 문자까지 보내주었는데, 그가 보내준 문자는 아직도 내 휴대폰에 고스란히 저장되어 있다. 그가 보내준 화환들과 은행 계좌번호까지 버젓이 그를 대신하며 아직 남아있는데. 그는 벌써 한 줌 흙이 되었을지도 모를 일이다.

그의 빈소에 마음을 담은 흰 국화 한 송이 못 보낸 것이 못내 아쉬웠다. 남의 길흉사는 그렇게도 챙기면서 정작 그의 빈소에는 흰 국화 한 송이 못 보내고 그의 죽음조차도 모르고 있었다는 것이 참으로 미안했다.

그는 자신의 빈소에 놓여 있는 꽃을 보며 어떤 생각을 했을까? 화환 속에 피어 있는 흰 꽃들에 작별 인사나 제대로 했을까? 갑자기 맞이한 그의 죽음에 꽃들은 어떤 애도를 보냈을까? 고인의 빈소를 지키며 화환들은 얼마나 큰 슬픔에 잠겼을까?

여자는 앞으로는 자신에게 전화하라며 새로운 번호를 불러준다. 이제 남자의 번호를 지워야 한다. 그의 이름을 영원히 삭제시켜야 한다. 그에 대한 이름도 그에 대한 문자도, 그에 대한 기억조차도…. 나는 그의 이름을 지우려다 그만둔다. 아직은 그의 이름을 지울 수가 없다. 그의 부재가 나 역시 감당이 안 되는 모양이다. 남자의 이름을 지우는 것을 포기하고 여자의 이름만 저장시킨다.

지인이 보내준 화환을 잘 받았다며 사진을 찍어 인증 숏을 날린다. 연보랏빛 꽃을 활짝 피운 호접란이다. 음각과 양각으로 무늬를 새긴 화분에 화사하게 피어 있는 호접란이 당당하게 웃고 있다. 꼭 남자의 미소를 닮은 듯하다. 지인은 화분이 마음에 들었는지 안목이 있다며 고맙다고 한다. 지인의 호접란을 보며 나의 얼굴에는 미소와 슬픔이 교차한다.

트라우마

    휴가를 받아 지인들과 충청북도 단양에 갔다. 관광지를 구경하다 일행 중의 한 명이 '카페산'이라는 곳을 가자고 한다. 일행들은 카페를 찾았다.

    해발 600미터도 넘는 가파른 정상에 올라가니 '카페산'이 나온다. 산 정상을 배경으로 카페가 시원하게 펼쳐져 있었다. 카페는 경치가 좋아서 그런지 사람들이 제법 많았다. 카페 옆에는 패러글라이딩하는 곳도 있다. 사람들은 야외 테이블에 앉아 커피를 시켜놓고 패러글라이딩하는 모습을 지켜보고 있었다. 바람도 많이 불지 않고 날도 그리 덥지 않아 패러글라이딩하기엔 안성맞춤의 날씨인 것 같았다. 우리는 부러운 듯 지켜보았다.

    때마침 노부부가 패러글라이딩을 위해 옷을 갈아입는다. 우주복처럼 마크도 달려 있어 제법 근사했다. 안전요원이 시범을 보이는 대로 몇 번 따라 하더니 발을 힘차게 구르며 하늘로 날아오른다. 산등성이를 발밑으로 두고 공중에 떠 환호성을 지른다. 패러글라이딩은 노부부를 태우고 바람을 탄 듯 단양 시내로 멀어져 갔다.

패러글라이딩하기 위해 기다리는 사람들은 연인도 있고 초등학생들도 있다. 우리 또래의 중년 여성들도 꽤 보인다. 안전요원이 함께 날고 있어 겉으로 보기엔 별로 위험해 보이지 않는다. 기류를 타는지 천천히 날고 있어 빠르게 느껴지지도 않았다. 지켜보던 일행들은 한번 도전해 보고 싶은 눈치다. 나는 선뜻 용기가 나지 않는다. 일행들도 마음만 앞섰지 용기를 내지 못하는 것 같다. 나는 놀이기구 때문이라고 생각한다. 놀이기구에 대한 트라우마가 시도조차 못 하게 하는 것이리라.

대학을 졸업하던 해에 친구들과 나는 서울 롯데월드에 갔었다. 화려한 롯데월드를 구경하며 놀이기구도 타고 친구들과 즐겁게 놀아 볼 생각이었다. 그때만 해도 놀이기구가 흔하지 않던 시절이라 여러 놀이기구가 호기심을 자극했다. 자유이용권을 구입해 친구들과 함께 롯데월드를 누볐다. 친구 한 명이 후렌치레볼루선 (청룡 열차)을 타자고 했다. 속도감도 있고 재미있다며 함께 타자고 했다. 청룡 열차는 360도를 회전하며 빠른 속도로 질주하는 놀이공원의 대표적인 놀이기구다.

나는 처음 접해보는 놀이기구라 별생각 없이 그러자고 했다. 그런데 예상 밖이었다. 청룡열차는 단 몇 분만 움직였지만 빠른 속도로 달렸으며 속도감이나 무서움은 내가 감당할 수 있는 수준이 아니었다. 처음엔 소리를 질렀는데, 그것도 무서움이 극에 달하자 더 이상 소리도 나오지 않았다. 이제 죽었구나 하는 순간 열차가 멈춰 섰다.

열차는 멈췄으나 다리에 힘이 풀려 움직일 수가 없었다. 안전요원과 친구가 부축해 겨우 밖으로 나왔다. 땅바닥에 그대로 주저앉아 정신을 가다듬었다. 친구들은 그런 나의 모습에 의아해하면서도 미안한지 머쓱해했다. 나는 아직도 그때의 무서움을 잊지 못한다. 아무것도 할 수 없어 무서움에 떨던 그때의 일은 나에게 트라우마로 자리 잡았다.

나는 놀이기구를 타지 않는다. 친구들과 놀이동산을 갈 때도 가방을 지키는 짐꾼 노릇을 자처한다. 아이를 키울 때도 남편이 놀이동산에 데려가 회전목마를 태워 주었지 나는 회전목마조차 태워 준 적이 없다. 나는 지금껏 속도감 있는 스포츠 레저는 아예 시도도 안 한다. 스키, 집라인, 놀이기구, 패러글라이딩은 언제나 도전해 봐야 하는 버킷리스트들이다. 아직도 트라우마에서 벗어나지 못한 채 버킷리스트 목록에는 탈것들이 빼곡히 적혀 있다.

사람에게는 누구나 각자의 두려움을 해결하지 못하는 트라우마가 있다. 성격과 기질에 따라서 그 크기가 다를 뿐이지 어떤 형태로든 크고 작은 불안을 경험한다. 심한 충격과 정서적 경험에 의해 스트레스를 받게 되면 뇌는 견디고 이겨내기 위하여 스트레스 호르몬을 분비하게 된다. 불안과 충격이 심한 경우 잘 회복되지 않고 과거의 시간에 그대로 얽매여 정신적, 신체적인 부조화를 경험하게 되는데 이러한 상태를 트라우마라고 한다. 트라우마는 크든 작든 누구에게나 조금씩은 나타난다.

우리의 이야기는 자연스럽게 트라우마로 옮겨졌다. S가 패러글라이딩을 타다가 기절한다면 119를 부를 보호자는 있어야 하지 않겠냐며 남편과 함께 다시 와야겠다고 하자 한바탕 웃는다. 자동차를 타고 사고 날 확률보다 패러글라이딩을 타고 사고 날 확률이 더 낮다며 또 다른 지인이 말을 잇는다.

생선 가시가 목에 걸려 고생한 덕분에 생선은 아예 쳐다보지도 않는다는 K와 자동차 사고를 경험한 후 운전대를 잡지 못한다는 H. 저마다 자신의 트라우마에 목소리를 높인다. 나는 언젠가 패러글라이딩을 도전해 보리라 생각하며 단양 시내를 내려다본다.

제사를 지내며

시금치를 다듬는다. 전箭잎 하나 없이 깨끗하게 묶여있는 시금치 단을 풀어 정갈하게 칼로 밑동을 도려낸다. 시금치, 고사리, 도라지, 콩나물, 무나물, 산나물 등 나물 종류만 여섯 종류다. 돼지고기, 돔배기, 소고기, 닭고기, 오징어, 조기 등 장만해야 하는 고기 종류만도 몇 가지나 되고 전煎은 또 얼마나 많은가. 닭 세 마리를 삶기엔 솥이 비좁다. 명절에는 밥 아홉 그릇의 제사상을 차리니 어마어마한 음식이다.

처녀 시절 제사라는 걸 모르고 살다가 스물다섯에 맏이에게 시집왔다. 어머니는 막내로 자라 밥도 할 줄 모르는 내가 맏이에게 시집간다며 눈시울을 적시셨다. 그때는 몰랐다. 맏이에게 시집가는 것이 어머니가 눈시울을 적실 정도의 고되고 힘든 자리인지를.

내가 세상에서 제일 잘하는 음식은 제사 음식이다. 된장찌개 김치찌개 등 기본적인 음식을 빼고 자랑할 만한 요리를 꼽으라고 하면 나는 당연 제사 음식을 꼽는다. 시집온 지 30여 년, 일 년에 예닐곱 번 제사를 모시니 같은 음식만 이백 번도 넘게 한 셈이다. 속도로나 능숙함이나 제사 음식이 당연 1위인 것이다.

직장 일이 바빠도 제사는 꼭 참석했었다. 제사 지내는 방식이 집안마다 조금씩 달라서 시댁의 풍습을 익히는 것 또한 처음엔 어려웠다. 친정에서 산 세월보다 시댁에서 산 세월이 더 많으니 이제는 시댁의 제사 풍습이 익숙해졌다. 귀신이 있다면 귀신도 시댁을 본가로 여기지 친정을 본가로 생각하지는 않을 것이다.

아버님이 돌아가시고 시어머님이 연로하시자 맏이인 우리 집으로 제사를 모셔왔다. 직장 일을 하며 제사상을 차리는 것은 여간 힘든 일이 아니었다. 친정어머니의 눈물 어린 염려를 비로소 이해했다. 남편의 생일날은 잊어도 제삿날은 기억했다. 결혼과 동시에 호적도 시아버님의 성으로 바뀌더니 시댁의 전통과 관습 속에 저절로 시댁 사람이 되는 모양이다.

올 추석에는 코로나로 인하여 시동생들이나 동서들이 못 올 것 같았다. 나는 이번 명절에는 제사 음식을 줄여보면 어떻겠냐며 남편에게 말했다. 나눠 먹을 사람도 없는데 제사를 지낸 후 남은 음식이 아깝기도 하였다. 여러 상을 준비해 지내던 차례상을 한 상만 차려놓고 첨添해가며 지내면 어떻겠냐고 하였더니 남편이 망설이는 듯하였다.

나라에서도 유례없는 역병의 창궐로 코로나가 퍼질 것을 염려해 고향 가는 것을 자제하라고 하는 판국이었다. 조상들도 코로나 때문에 오실 수나 있겠냐며 농담까지 하였더니 마지못해 남편은 그렇게 해보자고 한다. 제사는 형편에 맞추어 마음으로 효를 행하는 것이니 양이 중요하지 않을 것이라 여기며 남편도 나도 제사 준비를 서둘렀다.

남편은 밤을 깎았다. 시장에서 예쁘게 깎아 놓은 밤을 사 제사를 모시면 되는데 굳이 껍질째 밤을 사 제사 때마다 밤을 친다. 아버님도 밤을 치셨다. 제사는 조상들에 대한 예를 갖추어 인사를 올리는 것이라며 모든 부엌일은 어머니가 하셔도 밤 치는 일만은 아버님이 하셨다.

아버님은 제사 때만 되면 밤 깎는 칼을 꺼냈다. 제사를 모시기 위해 시골 장에서 특별히 사 온 작고 단단한 네모 칼이었다. 숫돌에 갈아 특별한 장소에 보관해 둔 칼을 꺼내 반지르르한 껍질을 벗기고 밤을 치기 시작했다.

넓게 깐 신문지 위에는 밤 껍데기들이 켜켜이 쌓여갔고, 물그릇에는 하얀 속살을 드러낸 밤들이 그득 잠겨 있었다. 색깔도 좋고 반듯한 모양이 만들어지지 않으면 손자의 입에 밤을 넣어 주고는 다시 새 밤을 향해 칼을 들었다. 잘 다듬어진 밤은 아들과 손자, 손자의 손자까지 대대손손代代孫孫 번창하는 길이라며 밤의 모양이 갖춰질 때까지 깎고 또 깎았다.

나는 아버님의 밤 깎는 모습을 보고 처음에는 의아하게 생각했다. 왜 저렇게 꼼꼼하게 공을 들일까. 아버님이 밤을 깎는 데는 긴 시간이 필요했다. 아버님은 조각가처럼 심혈을 기울여 밤을 깎았으며 윗면과 아랫면 그리고 옆에는 각이 만들어졌다. 그것은 완벽한 각이었다. 자손들을 반듯하게 세우고 싶어 하는 마음의 각이었다. 나는 아버님의 밤 깎는 모습을 예술 하는 의식처럼 지켜보았다.

남편도 마찬가지였다. 공들여 밤을 깎으며 아버지의 아버지, 어머니의 어머니를 기억하고 싶어 했다. 시아버님이 제사 때마다 밤을 치며 조상들을 떠올렸듯 남편도 그렇게 조상들의 삶을 짚어 보는 것 같았다.

밤 다듬기가 끝나면 남편은 지방을 살폈다. 아들을 앞에 앉혀 놓고 증조모의 고향이며 본本을 알려 주었다. 할머니 할아버지가 자신에게 어떤 존재였으며 어떤 분들이었는지 아들도 알았으면 하는 눈치였다. 제사 때마다 듣는 소리였지만 아들은 매번 처음 듣는 것처럼 그냥 듣고 있었다. 아버지가 자신의 뿌리를 알려주고 싶어 하고 아버지의 뿌리는 자신의 뿌리라는 것을 알고 있다는 듯 묵묵히 지방 쓰는 일을 도왔다.

제사상을 한 상만 차려 음식을 첨하니 편하고 간편했다. 음식도 많지 않고 뒷정리도 수월했다. 그런데 왠지 모르게 마음 한편에선 찜찜하고 불편했다. 아들도 제사상을 한 상만 차리면 조상들이 제대로 못 드시는 것 아니냐며 농담을 했다. 조상들도 자손들 돌보기를 등한시하고 여행이라도 가버린다면 큰일이라고 말을 덧붙이자 나는 부끄러워졌다. 내가 좀 더 편하자고 이기심을 부린 것 같아 미안했다. 나는 남편에게 다음부턴 예전처럼 그대로 상을 차리겠다고 했다. 그러자 남편도 밝은 얼굴로 그렇게 하자고 한다.

제사가 언제까지 이어질지는 모를 일이다. 일 년에 하루를 잡아 모든 제사를 모아 지낸다는 집도 있고, 명절에만 차례를 지낸다는 집도 늘고 있다. 아예 화장火葬해 제사를 모시지 않는 집도 있다고 하니 시대가 점점 변하고 있는 것은 분명하다.

세월이 흐르고 관습이 변해도 우리가 조상으로부터 시작되었다는 것은 변함없는 사실이다. 나 또한 시간이 지나면 조상이 될 것이고 손자의 손자에게 추모받을 것이다. 저마다 다른 방식으로 조상들을 추모하는 시대이지만 나는 나의 뿌리와 남편의 뿌리를 소중히 이어가고 싶다. 언제까지 제사를 모실 수 있을지 모르겠지만 나는 힘닿는 데까지 제사를 모신다.

출근길 풍경

아파트 지하주차장에서 차를 몰고 나왔다. 나도 모르게 수성못 방향으로 향한다. 자동으로 핸들 방향이 그쪽으로 향한 것이다. 말 못 하는 황소도 고삐를 풀어놓으면 제집을 찾아간다고 수년 동안 오가던 출근길이니 차도 무의식적으로 그쪽으로 향한 것이리라. 아파트를 끼고돌아 반대 방향으로 차를 돌렸다. 직장의 방향이 바뀌었기 때문이다.

올 3월에 새로운 직장으로 옮겼다. 쉰이 넘은 나이에 직장을 바꾼다는 것은 분명 쉬운 일은 아니다. 살아온 내공도 필요했고 운도 따라 주어야 했다. 하나를 얻으면 하나를 버려야 하는 세상의 이치처럼 무엇인가를 포기하고 얻은 직장이다. 때로는 상식적인 저울의 무게로 달 수 없는 것들이 있다.

이를테면 자신이 좋아하는 여행을 위해 다니던 직장을 그만둔다라던가 농사일을 하기 위해 대기업을 그만두는 것들. 그런 류의 일은 세상의 상식으로 잴 수 없는 것이다. 나도 더 늦기 전에 소중하다고 생각하는 것에 자신을 한번 던져보고 싶었다. 비록 그것이 세상의 저울로 잴 수 없는 것이라 할지라도.

코로나로 인해 나의 출근길은 생각만큼 밝지는 않았다. 기분 좋게 출근하리라는 생각과는 달리 맹물을 마시듯 덤덤했다. 대구 지역의 코로나 확산으로 인해 출근도 제때 이루어지지 못했다. 출근 대신에 재택근무로 바뀌었다. 새로 개원하는 어린이집이라 아이들 얼굴조차도 알 수 없었다. 어린이집은 개원과 동시에 휴원했고, 교사들은 번갈아가며 교대근무를 했다. 나는 혼자 출근해 어린이집을 지키는 일이 많아졌다. 텅 빈 어린이집에서 코로나 확진자를 세며 코로나가 끝나기를 기다렸다.

타지에 사는 지인은 우한처럼 대구가 봉쇄되지나 않을까 걱정하는 전화를 했다. 그러나 대구는 그런 일은 없었다. 시민들은 조용히 그리고 단호히 코로나와 맞섰다. 도시는 사회적 거리두기로 한산하였지만 사재기나 당혹스러운 일은 생기지 않았다. 전국에서는 의료진들이 의병처럼 몰려들었고 보내준 물품과 성금으로 대구는 코로나와 맞서 싸웠다.

출근길은 한산했다. 좌회전 신호가 여러 번 바뀐 후에나 통과할 수 있는 수성교 사거리를 한 번 만에 통과했다. 대구를 양쪽으로 가르는 번화가 달구벌대로도 예외는 아니었다. 코로나 국민안심병원이 있어서일까. 요란한 소리를 내며 구급차가 달린다. 놀랄 것도 없다. 이미 구급차 소리는 코로나 환자를 실어 나르는 소리로 귀에 익숙해졌다. 차들이 구급차 양편으로 비켜선다. 며칠 전에는 여러 대의 구급차가 행렬을 지어 도로를 달리는 사진이 카카오톡에 올라왔다. 도시가 코로나로 마비되어 도로조차 텅 빈 곳에 구급차만이 줄지어 달렸다. 영화에서나 볼 수 있는 일이 대구에서 벌어지고 있다는 사실에 놀라움을 감추지 못했다. 지구의 종말이 바이러스일 수도 있다는 다큐멘터리가 생각났다.

봄이 오고 있다. 온 신경이 코로나에 사로잡혀 봄을 느낄 수는 없지만 도로 옆 가로수와 꽃들을 보니 분명 봄이 온 것 같다. 창문을 내려 바깥 경치를 살핀다. 차들이 뜸한 거리에 가로수가 유난히 푸르다. 시끄러운 소리도 자동차 매연도 없어서일까. 나뭇잎들이 자르르 윤기가 흐른다. 가지를 늘어뜨려 자신들의 영역을 확보라도 하듯 살랑거린다. 분명 봄은 오고 있는데 우리의 마음은 아직도 장롱 속에 갇힌 봄이다.

마스크를 내려 도시의 공기를 마셔본다. 도시 속 자연의 냄새다. 인간이 코로나와 맞설 동안 자연은 사람들이 뜸한 틈을 타 자신들의 영역을 되찾았다고 한다. 사람들이 집에 있으니 자연 또한 방해받지 않고 자신들의 삶의 영역을 되찾은 것이리라. 가만히 두어서 고맙다는 나무 일기가 생각났다. 나뭇잎도 자주 만지면 아파한다고 그대로 두고 볼 것을 소원한 일기였다. 예쁘다고 인형처럼 대하지 말라는 자연의 말이 떠올랐다. 개발이라는 명목 하에 빼앗아 온 산과 들 그리고 공원들. 그들이 어쩌면 우리에게 이런 시련을 주는 것은 아닌지 문득 자연에 대한 책임감이 몰려왔다.

청라언덕을 지난다. 어제 저녁 뉴스에서는 「빼앗긴 들에도 봄은 오는가」라는 이상화 시인의 고택이 있는 청라언덕을 비추었다. 코로나에게 빼앗긴 대구의 봄을 한 떨기 목련으로, 흩날리는 목련꽃송이를 비추며 '힘내세요! 대한민국 대구 경북 당신을 응원합니다'라고 했다. 거친 시멘트 벽 틈 속에서도 생명력을 유지하는 담쟁이처럼 바이러스에 감염된 우리는 부디 질긴 삶을 살 수 있기를. 청라언덕을 지나며 시인의 시를 떠올렸다.

어린이집 문을 연다. 아이들이 없는 어린이집은 텅 비었다. 이름표를 붙여 놓은 빈 신발장은 꼬마 요정들이 오기만을 기다린다. 새 학기 엄마와 떨어지기 싫어 엄마의 목을 끌어안고 우는 모습도, 선생님의 품에 안겨 울다가 웃는 변덕스러운 아이들의 웃음소리도 없다. 아이들을 달래며 호기심을 유발하는 부산한 교사의 목소리도 티격태격 일러주는 아이들의 관심 끌기도 그립다. 장난감 자동차는 덩그러니 제자리에서 하루 종일 미동도 없다. 전화는 무언의 소리로 고요함을 더하고 어린이집은 코로나가 없는데도 텅 비었다.

아이들이 없는 교실 창문을 열어 환기를 시킨다. 코로나에게 빼앗긴 아이들의 봄은 어디쯤 있을까. 푸른 하늘처럼 마스크를 벗는 진짜 봄이 왔으면 좋겠다. 진짜 봄을 기다리며 장난감 자동차의 먼지를 턴다.

목단꽃 이불

　　딸이 독립했다. 서울 잠실 근처에 방을 얻어 이
사를 한 것이다. 공부를 위해 외국에 가 있을 때도 그렇게 허전하지
않았는데 막상 직장을 구해 방을 얻어 나가니 기쁘지만은 않았다.

　　짐이라고 해봐야 옷이며 화장품, 신발, 그리고 약간의 생활용
품이 전부였으나 승용차에 실으니 그득했다. 사람 앉을 자리도
없이 빼곡히 짐을 싣고 나니 승용차가 짐차로 변한 것 같았다. 마
지막으로 이불 한 채를 더 밀어 넣었다.

　　부피가 있는 이불 보따리를 밀어 넣으니 딸이 의아해한다. 꼭
필요한 것도 못 싣는 판국에 이불이 대수냐는 눈치다. 이불은 서
울에서도 얼마든지 살 수 있다고 생각하는 모양이다. 나는 마음
속으로 '꼭 쓰일 데가 있을걸. 고마워할 것이야'라며 피난민의 절
실한 보따리처럼 밀어 넣는다. 내가 방을 얻어 나갔을 때 나의 어

머니도 이런 마음이었을까?

대학을 졸업하던 해에 나는 서울에 직장을 잡았다. 태어나 서울 생활이 처음이라 무척이나 겁이 났다. 아는 사람 하나 없는 낯선 곳에서 말씨도 억양도 다른 서울 사람들과 어울린다는 것이 호락호락해 보이지만은 않았다.

방을 하나 얻어 놓고 시골에서 짐을 챙겨 서울로 향했다. 어머니는 한 번도 가 본 적 없는 서울에서 딸이 직장생활을 한다고 하니 내심 걱정이 되었던 모양이다. 농사일이 바쁜데도 굳이 배웅한다며 따라나섰다.

버스를 타고 수성교 근처 방천시장에 내렸다. 시장으로 이끌더니 쌈짓돈을 꺼내 이불 한 채를 골랐다. 목단꽃이 그려진 면이불이 마음에 들었는지 환하게 웃으시며 그것을 집어 들었다. 제법 도톰한 것이 손으로 만져 보아도 촉감이 부드러웠다.

나는 목단꽃이 그려진 이불이 마음에 들지 않았다. 내가 좋아하는 잔잔한 무늬도 아니었고 젊은 취향의 세련된 색상도 아니었다. 우리 집 마당 한쪽에서 봄이면 늘 피어 있던, 눈길 한 번 주지 않던 목단꽃 무늬였기 때문에 더욱 그러했다. 꽃잎 또한 누운 채 이불에 그려져 있어 꽃잎 하나가 내 얼굴을 가리고도 남았다.

양손에 이미 짐도 가득인데 부피가 큰 이불까지 들고 가야 할 판국이니 여간 못마땅한 것이 아니었다. 돈으로 주면 될 것을 굳이 이불을 사준다며 퉁명스럽게 받아들였다. 기차를 타고 서울로 가는 동안도 무겁고 힘들다며 짜증을 쏟아 내었다.

나의 서울 생활은 녹녹지 않았다. 퇴근 후 집에 오면 반겨주는 사람 하나 없으니 더욱 쓸쓸하고 외로웠다. 주말이 되어도 온종일 자취방에서 혼자 지내게 되니 어머니 생각, 고향 생각은 깊어만 갔다.

한번은 심하게 몸살이 났다. 약을 먹고 누웠는데도 열이 내리지 않아 밤새 앓아누웠다. 잠깐 잠든 사이 악몽까지 꾸며 헛소리까지 했다. 잠에서 깨고 보니 얼마나 서럽던지. 이불을 껴안고 엉엉 소리 내어 울었다.

그때부터 나는 이불에 집착했다. 어린아이가 애착 인형에 의지하듯 나 또한 목단꽃 이불에 몸을 묻었다. 촌스럽다고 생각한 목단꽃이 그렇게 정겨울 수가 없었다. 활짝 핀 꽃잎이 고향을 부르는 것 같기도 하고 엄마를 보는 것 같기도 해 이불을 덮을 때마다 따뜻하고 포근했다. 집에만 오면 애착 인형처럼 둘둘 감고 안고 덮고 지냈다.

우리는 누구나 애착 인형 하나쯤은 지니고 있는지도 모르겠다. 마음일 수도 물건일 수도 있겠지만 애착 인형은 자신도 모르는 사이 슬며시 다가와 지치고 힘든 우리를 응원한다. 깊은 외로움에 지쳐 허우적거릴 때 그것은 더욱 진가를 발휘한다. 기다렸다는 듯 나타나 제 몫을 다하고는 어느 순간 말없이 사라진다. 그것이 우리 곁을 언제 떠났는지도 모른 채 우리는 그때를 추억한다.

어머니가 사준 이불은 오래도록 나와 함께했다. 내가 결혼을 하고 아이를 낳고 집을 사서 이사를 할 때도 들고 다녔다. 어머니가 이 세상을 떠난 후에도 이불장에 오래도록 머물러 있었으며, 지금은 애착 인형이 되어 나의 기억 속에 머물고 있다.

딸아이가 이사한 집에서 전화를 했다. 짐을 정리하고 이불을 덮고 누웠다는 것이다. 전화선을 타고 이불을 덮은 딸아이의 모습이 그려졌다. 애착 인형인 듯 이불에 의지한 채 잘 지냈으면 좋겠다.

목단꽃은 부귀영화를 상징한다고 한다. 어머니는 목단꽃이 그려진 이불을 집어 들며 딸의 부귀영화를 빌었을 것이다. 나 또한 방을 얻어 나가는 딸이 건강하게 잘 지내는 염원을 이불에 담았던 듯싶다.

프라하에서

　　　　　　독일 뮌헨에서 플릭스 버스를 타고 국경을 넘어
프라하로 향했다. 버스에는 세계 여러 나라 사람들이 함께 타고
있었다. 독일 사람인지 체코 사람인지 구별은 가지 않았으나 피
부색과 생김새를 보고 짐작했다. 뮌헨의 플릭스 버스 정류장에서
프라하까지는 5시간 남짓 걸린다. 유럽에서 플릭스 버스를 타보
는 것 또한 색다른 여행의 경험이었다. 플릭스 이층 버스에는 화
장실도 있었다. 우리나라 기차 안 화장실과 비슷한 것이 제법 그
럴듯하다. 고속도로를 달리는 버스 안, 그것도 국경을 넘는 버스
에 화장실이 있다는 것만으로도 감사했다.

　눈이 펑펑 내리는 동유럽의 겨울 날씨에도 버스는 아랑곳하지
않고 달렸다. 눈 쌓인 고속도로가 통제될까 염려했으나 눈이 자
주 와서 대비한 것인지 도로에 눈이 쌓이지는 않았다. 휴게소에

들르면 커피라도 한 잔 하고 싶었는데 버스는 중간에 정차하지 않고 쉼 없이 국경을 향했다. 아마도 국경을 넘는 버스라서 정차하지 못하는 것이라 생각했다.

마침내 버스가 국경에 멈춰 섰다. 중년의 남자 두 명이 제복 차림으로 차에 올랐다. 여권으로 얼굴을 대조하며 버스표도 확인했다.

검사원은 내가 앉은 자리로 왔다. 여권을 내밀었다. "South Korea?" 하며 몇 마디 건네더니 웃으며 여권을 건네준다. 한국 사람이 유럽 여행을 많이 해서일까? 체코보다 부유한 나라라는 것을 알아서일까? 의심의 여지가 없다는 듯 흔쾌히 여권을 건네주며 웃어주는 그를 보자 기분이 좋아졌다. '그러면 그렇지.' 하는 으쓱함에 어깨에 힘을 주며 웃는다.

그는 특유의 레게 머리 모양을 한 흑인 앞에 멈춰 섰다. 뮌헨의 버스정류장에서부터 차장이랑 실랑이를 벌이던 바로 그 루마니아인 앞이다. 한동안 이야기를 주고받더니 급기야 그를 데리고 버스에서 내린다. 분위기로 보아 그의 신분을 의심하는 듯하였다. 언어를 제법 알아듣는 딸에게 자초지종을 물었다. 그는 루마니아 사람으로 버스를 탈 때부터 차장이랑 실랑이가 있었는데 간곡히 부탁해 어쩔 수 없이 버스에 태웠고 국경 여권 심사에서도 그를 의심해 데리고 갔다는 것이다.

버스에 올랐던 제복 차림의 그들과 루마니아인이 어디로 갔는지 보이지 않는다. 근처 어딘가에서 의심을 한 채 그를 추궁하며 그의 신분을 확인하고 있을 것으로 짐작했다. 그를 두고는 국경을 넘지 못하는 듯 버스도 움직이지 않고 있었다. 우리는 어떻게 돌아가는지 아무런 설명도 듣지 못한 채 버스에서 무작정 그가 오기를 기다렸다.

동유럽 겨울 해는 짧았다. 날은 금방 저물었다. 기다림에 지친 할머니는 버스 기사를 보고 알아듣지 못하는 말로 소리를 질렀다. 버스 기사도 속수무책인 듯 갓길에 버스를 세운 채 담배만 피워댔다. 건물도 상점도 없는 갓길에서 일행들은 점심도 건너뛰었다. 뮌헨에서 10시 넘어 출발해 국경까지 거기다 두어 시간 붙잡혀 있었으니 어림잡아 일곱 시간이나 버스에 있는 셈이다.

배에서는 너 나 할 것 없이 꼬르륵 소리가 났다. 허기짐과 기다림에 지친 사람들이 술렁이기 시작했다. 자신들만의 언어로 불만을 토해내며 소리를 높였다. 나도 슬며시 짜증이 올라왔다. 물 한 모금 먹지 않고 영문도 모른 채 몇 시간째 갇혀있는 신세라 겁도 났다. 길바닥에서 밤을 맞는 건 아닌지, 오늘 내로 프라하에 도착할 수나 있을지, 온갖 걱정으로 머리가 북적거렸다.

드디어 버스 기사가 차에 오른다. 그 뒤를 따라 레게 머리를 한 루마니아인도 함께 오른다. 까만 피부에 굵은 직조로 짠 특유의 전통 옷을 걸친 그는 아무 말 없이 자리로 가 앉는다. 자리에 앉는 그의 모습을 지켜보았다. 그저 체념한 듯 무표정한 얼굴 속에 슬픔이 담겨 있었다. 나는 그의 무표정한 얼굴이 무력감이라고 생각했다. 슬픔과 절망감을 단련된 무표정으로 감추는 것이라 생각했다.

그가 돌아오자 그에게 불만을 표시하는 사람은 아무도 없었다. 돌아온 것을 다행으로 여기며 그를 이해하는 듯했다. 그의 신원은 확실해졌음이 분명했다. 아무 말 못 하고 붙잡혀 긴 시간을 두려움에 떨며 보냈을 그를 생각하니 마음이 울컥했다. 그가 루마니아인이어서일까? 피부색이 달라 불법체류자로 오해한 것일까? 그의 나라가 선진국이 아니어서 무시당한 것일까? 그의 마음은 누구를 원망하고 있을까? 내가 그의 처지였다면 어떠했을까?

버스는 30여 분을 더 달려서 프라하의 목적지에 도착했다. 허름한 스포츠 가방을 멘 그는 말없이 길을 떠났다. 그의 뒷모습을 바라보며 우리도 숙소로 향했다.

지붕 위의 소

소다. 마구간에 있어야 할 소가 지붕 위에 올라가 있다. 겁에 질린 듯 커다란 눈을 둥그렇게 뜨고 앉지도 서지도 못하고 있다. 전국을 강타한 기록적인 폭우 때문이다. 중국을 비롯해 우리나라 곳곳에도 폭우로 인한 재난특보가 보도되더니 결국 양정마을에도 수마가 들이닥쳤다. 도로를 삼키고 주택은 물론 축사까지 물바다로 만들었다. 대부분의 가축은 급류에 떠밀려 목숨을 잃었으나 운 좋게도 그 소는 지붕 위에 올라 살아남은 모양이다.

축사에 물이 차오르자 새끼를 데리고 헤엄을 치다 보니 지붕이었을 것이다. 소가 급류에 휩쓸려 떠내려가면서도 살 수 있었던 것은 소의 느린 기질 때문이라는 분석이 있다. 위기의 순간에도 천천히 헤엄을 쳐서 살 수 있었을 것이다. 비가 그친 후 지붕 위에서 오도 가도 못 하는 소를 보고 웃어야 할까, 울어야 할까.

어린 시절 집에서 키우던 소가 생각났다. 왕방울만 한 검은 눈을 여름 파리가 간지럽히면 나도 모르게 부채로 파리를 쫓아주곤 했다. 소는 당시 우리 집의 전 재산이었다. 아버지는 아침저녁으로 쇠죽을 끓여 반들반들한 구유에 가득 부어 주었다. 어떨 때는 소여물이 우리가 먹는 밥보다 더 맛있어 보일 때도 있었다. 고소한 등겨와 풀 냄새는 우리의 아침밥보다 먼저 소에게 닿아 소가 아버지로부터 충분히 사랑받고 있음을 알 수 있었다.

어느 해 여름, 칠흑 같은 밤중에 앞이 보이지 않는 폭우가 마을을 덮쳤다. 삽시간에 물은 방천防川을 넘어 개울가에 자리 잡은 우리 집 담벼락을 무너뜨렸다. 나는 아버지의 비명 소리에 놀라 잠을 깼다. 아버지는 나의 손에 쇠고삐를 쥐어 주며 피난을 가라고 했다. 동네로 이어지는 다리가 이미 끊어졌으니 소를 몰고 들판을 지나 윗마을로 가라는 것이었다. 새벽 두 시였다.

마당에는 이미 물이 차오르고 있었고, 하늘이 뚫린 듯 쏟아지는 장대비에 앞도 잘 보이지 않았다. 나는 소고삐를 단단히 움켜쥔 채 잠옷 바람으로 물이 무릎까지 차오르는 들판으로 소를 몰았다. 소도 위험을 알았는지 순순히 따라나섰다. 길인지 들판인지 구분도 되지 않는 물길을 걸어 윗마을 입구에 닿았다. 그런데 이미 윗마을도 무사하지 못했다. 다리가 떠내려가 윗마을로 갈 수도 없는 상태였다.

폭우 속에서 나는 어쩔 줄을 몰라 하며 들판에 갇혔다. 다행히 지렁이를 키우는 비닐하우스 한 동이 남아 있었다. 거기서 소와 함께 뜬눈으로 밤을 보냈다. 하늘이 뚫어진 듯 내리던 비도 아침이 되자 점차 옅어졌다. 자욱한 안개 속에 언제 그랬냐는 듯 길이 보이기 시작했다. 기분이 묘했다.

　나는 비 걷힌 안개 속을 걸으며 소를 몰고 터벅터벅 집으로 향했다. 집은 소 마구를 비롯한 아래채 전부가 떠내려가고 기둥 한쪽이 뽑혀 기울어진 위채만 덩그러니 남아 있었다. 아버지는 소를 매어 놓던 아카시나무 뿌리에 걸려있는 이불을 건지고 있었다. 우리를 보자 말없이 소의 고삐를 받아 쥐었다.

　지붕으로 올라간 양정마을의 소는 비가 그친 후 어떻게 내려올 수 있었을까. 처음에는 먹이로 소를 유인해 내리려 했으나 두려움이 가시지 않은 소는 꿈쩍도 하지 않았다고 한다. 결국 주인은 소를 내리기 위해 죽은 새끼를 묶어 잡아당겼더니 소가 새끼를 따라 발자국을 뗐다고 한다. 눈물겨운 이야기다. 동물이든 사람이든 모성애는 타고난 본성 아니겠는가.

　아버지에게 소는 무엇이었을까. 폭풍우의 그 밤, 어린 딸에게 고삐를 쥐어 주며 소를 피신시켰던 아버지. 죽음의 위험을 무릅쓰고 어린 딸이 소를 데리고 나타났을 때 소의 고삐부터 덥석 건네 받던 아버지. 그 딸이 이제는 중년이 되어 지붕 위에 올라선 남의 소를 보며 아버지를 떠올린다. 아버지가 많이 보고 싶다.

김남희 수필집
『푸른 별 지구』에 부쳐

박기옥 수필가

1. 프롤로그

김남희의 수필집 『푸른 별 지구』를 마주한다. 작가는 20여 년 동안 어린이집과 유치원을 운영해 오고 있다. 사물을 보는 시선 또한 하고 있는 일에 크게 어긋나 있지 않다. 자신을 보라색을 좋아하며 ISTJ-A형이라고 소개하면서 수필을 과학처럼 공명정대하며 욕심을 부리지 않는다고 정의한다. 그러나 또한 수필을 통해 진정한 자신의 모습들을 마주한다고 적고 있다. 있는 그대로 내어놓을 수밖에 없는 얼굴이 수필이라는 뜻이다. 이 수필집에는 사랑, 고독, 행복, 위로를 담았다.

2. 수필은 인간학이다

'수필은 인간학'이라는 이론은 이제 수필계에서는 코페르니쿠스Nicolaus Copernicus의 지동설에 버금가는 정설이 되었다. 수필은 인간 내면의 심적 나상을 자신만의 감성으로 그려내는 한 폭의 수채화다. 한 편의 수필에는 과거, 현재, 미래를 통한 자신의 이야기가 우리의 이야기로 확장되어 있다. 표제 수필로 잡혀있는 「푸른 별 지구」를 보자.

「푸른 별 지구」는 행성 과학자가 단 3명밖에 없는 우리나라에서 2022년 6월 우주 비행체 누리호를 쏘아 올린 것을 소재로 삼고 있다. 소재가 신선하다. 누리호가 1차 발사 실패를 딛고 1톤 이상의 실제 위성을 실은 채 발사에 성공함으로써 우리나라는 자력으로 위성을 발사할 수 있는 7번째 나라가 된 셈이다.

작가는 초등학교 시절 『우주전쟁』이라는 공상 과학 도서에 심취한 적도 있었고, 우주과학자가 되고 싶었다고 한다. 그러나 고등학생이 되어 문과와 이과를 선택해야 했을 때 선생님은 의사나 과학자가 되려면 이과를 선택하고, 교사나 은행원이 되려면 문과를 선택하는 것이 바람직하다고 했다.

작가는 이를 이과는 취업하기 어렵고, 문과는 취업이 용이한 쪽으로 이해했다. 지금도 가난한데 별을 연구하며 평생을 가난하게 살 생각을 하니 답은 분명하여 문과를 선택했다고 술회한다. 미소가 지어지는 솔직함이다. 작가는 말한다.

그러나 나는 나를 대신해 우주를 연구하는 사람들, 부족한 예산으로 마음대로 연구를 펼치지 못하는 천문학자들을 응원하고 싶다. 그들이 있어 명왕성의 아름다움도 알게 되었고, 프록시마 센타우리 같은 별이나 안드로메다 같은 은하가 있다는 것도 알게 되었다.

과학논문에서는 항상 저자를 'I'가 아닌 'We'라고 칭하는데 연구는 내가 인류의 대리자로서 행하는 것이고 그 결과를 논문으로 쓰는 것임을 의미해서 그렇게 표기한다고 한다. 'We'는 인류를 상징하는 것이리라.

(중략) 2024년 다시 달로 향할 미국의 우주 비행사는 BTS의 노래를 들으며 우주를 항해할 것이라고 한다. 나는 나의 관심이 그들에게 힘이 되었으면 좋겠다. 혹시 내가 쓴 수필 한 편이 푸른 별 지구인에게 힘이 될지 누가 알겠는가. 나는 오늘도 하늘에 떠 있는 주극성을 바라보며 창백한 푸른 점 하나 지구를 응원한다.

-「푸른 별 지구」에서

수필은 자신의 생각을 효과적으로 전달하기 위해 적절한 예시를 들어 독자와의 거리를 좁히는 것이다. 작가의 시선은 코로나로 옮겨간다. 코로나 바이러스는 살아있는 숙주를 통해 번식한다. 지구상에는 8백만여 종의 생물이 있고, 모든 종의 최상위 포식자는 호모 사피엔스다. 호모 사피엔스는 약 78억 명이나 된다고 하니 바이러스는 얼마나 많은 숙주를 가진 셈인가. 작가는 이를 수필 「숙주」로 풀어낸다.

「숙주」에서는 작가와 열 살 넘게 차이가 나는 언니가 등장한다. 언니는 농사일에 바쁜 엄마를 대신해 어린 작가를 업어 키웠다. 밭일을 나가는 엄마를 위해 동생들을 돌보는 일이 쉽지만은 않았을 것이다. 동생들이 잠자는 틈을 타 국수를 삶아 밭으로 참을 나르느라 언니의 등은 늘 땀과 오물로 젖어 있었다고 회상한다. 가족을 위해 희생한 언니가 나이 들어 다리가 아파 느린 걸음으로 걷는 걸 보며 작가는 '나의 오늘은 언니라는 숙주 덕분이 아닐까' 생각한다.

나는 언니를 보며 마음 한구석이 저렸다. 내가 이렇게 무탈하게 자랄 수 있었던 것은 언니의 고결한 희생 덕분이라는 생각이 들었다. 언니는 그것을 희생이라고 꿈에도 생각하지 않지만 나는 그런 언니를 숙주 삼아 오늘에 이른 것이 틀림없었다. 자신의 몸을 아낌없이 동생들에게 내어주는 언니, 그것은 누가 뭐라고 해도 사랑의 숙주일 터였다.

날이 저물어서야 우리는 카페를 나왔다. 내일은 언니가 준 갈치로 조림을 하리라 생각하며 집으로 향했다.

"마스크 써!"

등 뒤에서 언니의 호통 소리가 들렸다.

- 「숙주」에서

수필의 소재는 다양하여 무엇이나 대상으로 삼을 수 있으나 단순한 과거 회상이나 일상에서 벗어나지 못하면 독자는 식상하게 느낀다. 작가는 모름지기 차별성 있는 소재로 글감을 다루고, 같은 내용이라도 남과 다른 목소리로 말할 수 있어야 한다. 같은 소재라도 접근 방식에 따라 작품의 품격이 좌우되는 것이다. 이번에는 아버지를 소재로 한 수필 한 편을 보자. 「상여소리」이다.

작가의 아버지는 선소리꾼이었다. 아버지의 구슬픈 목소리가 매기는소리를 하면 상두꾼들은 받는소리를 했다. 아버지와 상두꾼들은 미리 연습이라도 한 듯 호흡이 척척 맞았다.

상여가 나가는 날이면 온 마을은 잠시 정적에 잠겼다. 아버지는 모내기를 위해 놉을 맞춰 놓은 날도, 집안에 중요한 행사가 있는 날도 상여가 나가는 날이면 뒤로 미뤘다. 심지어 몸이 아파 몸져누운 날도 상여가 나가는 날이면 자리를 털고 일어났다. 동네에 초상이 나면 상주들은 제일 먼저 아버지를 찾았다. 죽은 자를 저승으로 데려다주는 길잡이가 아버지밖에 없는 듯 사람들은 초상만 나면 아버지를 찾았다.

작가는 담벼락 사이로 상여와 아버지의 모습을 지켜보곤 했다. 가까이 가기엔 너무 무서웠으나 멀리서 보기엔 색색의 꽃상여가 서럽도록 아름다웠다. 거기다 아버지의 소리는 신의 소리처럼 신비롭기까지 했다. 둥둥거리는 북을 치며 아버지는 상여를 이끌었다. 이마엔 겨울이라도 땀방울이 맺혔다. 아버지의 소리는 북소리와 어울려 하늘 높이 빨려들었다가 붉은색 만장을 휘감으며 사방으로 퍼졌다.

　상주들은 아버지의 소리가 울음을 부르는 무슨 주술이라도 되는 듯 흐느끼며 슬픔의 격정 속에 빠져 들었다. 돌다리를 건널 때는 조심스러운 북소리를 냈으며 가파른 산기슭을 오를 때 있는 힘껏 북소리를 울렸다. 평지를 걸을 때는 텅 빈 가슴을 후벼 파듯 망자의 삶을 노래했다. 망자의 한을 달래고 산 자를 위로하는 소리를 내는 사람이 아버지라는 것이 너무나 놀라웠다.

　작가는 이쯤에서 장면 전환을 시도한다. 아버지의 죽음이다. 뇌출혈로 쓰러진 지 3일 만에 장례를 치르면서 죽음을 성찰한다.

　죽음은 누구나 두려워하지만 누구나 피하지 못하는 인생의 끈이다. 태어나면서부터 그것은 시작된다. 끈을 붙잡고 살다가 주어진 만큼의 길이에 도달하면 누구나 그것을 놓아 버린다. 북망산천이 바로 내 집 앞이 되는 것이다. 수많은 죽음을 목격한 아버지는 그것을 알기에 혼신의 힘으로 망자를 이끈 것은 아닐까. 만사를 제쳐놓고 그들의 마지막 길을 배웅했는지도 모른다. 상여를 화려하게 치장하여 노래를 불러 죽음의 두려움을 벗어나게 하려는 것은 망자도 산 자도 함께 바라는 일일 것이라는 생각에 이른다.

　　백 년 집을 이별하고 만년 집을 찾아가는 아버지의 꽃상
　여가 장지에 닿았다. 아버지라면 자신의 상여에 어떤 소리
　를 할까를 생각한다. 갑작스러운 죽음에 원통해할까. 육 남
　매 자식들을 어머니에게 맡겨놓고 먼저 떠나 미안해할까.

열심히 살았노라 후회 없이 살았노라 노래를 부를까. 한평
생 남을 위해 살았으니 천국 간다 자랑할까. 망자들의 길을
열어 줬으니 친구가 많다 할까.

군대 간 아들을 기다리느라 늦게 염한 아버지의 관을 땅
에다 누인다. 극락왕생을 빈다. 저승에서 아무런 걱정 없이
행복하기를. 달구질하는 노랫소리에 맞춰 흙을 다진다. 새
끼줄에 걸린 노잣돈이 바람에 펄럭인다.

-「상여소리」에서

수필은 "나"를 통한 "우리"의 성찰이다. 시계추가 끊임없이 양
쪽으로 흔들리지만 지지점을 갖고 있는 것처럼, 수필은 세상을 향
한 보편성을 제시할 수 있어야 한다. 세상을 보편적 기준으로 보
려면 치우치지 않는 보편적 주관이 필요하다.

김남희의 「산수유」에는 삶에 대한 따뜻한 시선이 작품 속에 녹
아 있다. 시어머니를 소재로 한 수필이다. 작가는 경북 군위 지방
의 한밤 홍씨네 며느리다. 돌담으로 둘러싸인 농촌 마을이다.

서울에서 신혼살림을 차린 작가는 시댁에 자주 가지 못했다.
직장까지 겸하고 있어서 주말이나 되어야 군위 한밤마을까지 내
려갈 수 있었다. 그것도 지하철, 기차, 시내버스, 시외버스 등 바
퀴 달린 모든 것들을 총동원하여 저녁나절이나 되어서야 시댁 문
을 열었다.

시어머니는 군불을 지핀 사랑방에서 산수유를 말리곤 했다. 철
지난 달력을 펼쳐놓고는 씨를 뺀 핏물 같은 산수유를 매만졌다.

달력 한쪽에는 반쯤 건조된 산수유가, 다른 한쪽에는 씨를 막 도려낸 산수유들이 누워 있었다.

삐거덕거리는 대문 소리가 나면 어머니는 바람 소리인지 며느리가 오는 기척 소리인지 단박에 알아차렸다. 산수유 물이 든 검은 손으로 흰 창호지 빗살무늬 문고리를 힘껏 잡아당기며, 서울에서 내려오는 며느리를 반갑게 맞았다. 달력 위에 누워 제집처럼 차지하고 있는 산수유를 밀어내고 구들목으로 며느리를 당겨 앉혔다. 감기 든 며느리를 위해 산수유 말린 차를 온갖 약나무와 함께 끓여 꿀까지 얹어 내어오곤 했다.

어머니는 겨우내 산수유를 따고 말리는 노동을 견뎌 내었다. 삶의 무게를 받아내듯 묵묵히 겨울을 산수유와 함께 보낸 것이다. 어머니는 손톱만큼 단단해진 산수유 육질을 시골 장에 내다 팔았다. 서울 가는 며느리 가방 속에도 잘 말린 육질을 쟁여 넣고 그 속에 꼬깃꼬깃 접은 돈을 차비라도 하라며 묻어 주었다. 겨우내 산수유를 팔아 번 돈이었다. 이제 작가는 회상한다.

딸로 산 세월보다 며느리로 산 세월이 더 많은 지금, 며느리가 시댁을 찾는다. 회색빛 돌담 이끼마저 마른 골목을 돌아 어머니가 없는 빈집에 들어선다. 마당 옆 오래된 산수유나무만이 열매를 매단 채 우두커니 빈집을 지키고 있다.

며느리는 뒤뜰에서 사다리를 가져와 나무 위에 걸쳐 놓는다. 혼자 집을 지키며 열매를 맺은 산수유를 바가지에 따 담는

다. 얼었다 녹았다를 반복한 붉은빛 열매가 박바가지에 그득
하다.

　며느리는 어머니가 가르쳐준 대로 산수유차를 만들 생각이
다. 꽃처럼 피어나 씨앗처럼 단단한 삶을 살아 온 어머니를 위
해 온갖 약나무와 산수유를 넣어 어머니가 그랬듯 오랜 시간
달여 보리라. 어머니의 그릇, 물 대접에 담아 따뜻한 차 한 잔
데워 드리리라.

　잠깐 사이 며느리의 손에 붉은 물이 흐른다. 가시에 찔린
핏물인지 붉은 산수유 물인지 아랑곳하지 않는다. 오랜만에
빈집에 훈기가 돈다.

-「산수유」에서

　수필의 필수 조건은 오픈 마인드Open Mind이다. 작가는 세상을
향해 눈과 귀를 열어 놓아야 한다. '그때는 옳았지만 지금은 틀릴
수도 있는 것'이 시대의 흐름이다. 그 흐름을 파악하여 새로운 것
을 찾아내는 독창적인 시각이 필요하다. 세상을 읽는 눈은 열린
사고에서 나온다. 어린이집을 운영하면서 쓴 수필「흙」을 보자.

　작가는 식목일을 맞이하여 어린이집 아이들과 작은 화분에 각
종 씨앗을 심기로 했다. 여러 종류의 씨앗과 화분은 구입하였으
나 흙을 돈을 주고 사기엔 마땅찮았다. 시골에서 자란 탓인지 흙
은 돈을 주고 사는 물건이 아니었다.

　시골 가면 가장 흔한 것이 흙이었다. 사람보다 많고 돈보다 많
은 것이 흙이 아니던가. 걸음을 걸을 때마다 밟히는 것이 흙이요,

흙을 밟지 않고는 걸음조차 뗄 수 없다. 지금의 도시도 시멘트로 덮어 흙을 깔아뭉개 그 위에 건물을 세웠으나 그 밑바탕은 흙이다. 흙을 파내고 거기에 시멘트 물을 부어 기둥을 세웠으니 흙의 입장에서 제 영역을 내어 준 거나 다름없다. 결국은 흙이 제 몸을 깎아 자리를 내어 준 덕에 함께 살고 있는 것이다.

흙에서 비롯된 아담과 이브가 천지 창조의 뼈대를 이루며 흙의 삶을 시작했으니 사람의 시작도 흙이요, 흙을 일궈 수확한 곡식으로 목숨을 연장하니 생명의 동아줄도 흙인 셈이다. 죽어서도 한 줌 흙으로 돌아간다고 하지 않았던가. 흙으로 살고 흙으로 먹고 흙으로 죽는데 그런 흙을 돈으로 사야 하는 세상이 오고야 말았으니 흙의 입장에서도 인간의 처지에서도 난감한 일이 아닐 수 없다. 작가는 흙을 구하기 위해 시골로 향하면서 어린 시절을 떠올린다.

흙을 밟는 순간 어린 시절의 이야기가 물결처럼 스며든다. 아버지의 논에서 아버지의 흔적이 담긴 삽으로 흙을 파서 마대 자루에 담는다. 아버지가 가신 뒤 어머니가 어렵게 되찾은 아버지의 흙이다. 아버지의 땀과 애환이 녹아 있는 땅이다. 사람이 땅을 보호하는 한 땅은 사람을 지켜준다며 흙을 무시하면 그 결과는 파멸이라던 아버지의 목소리가 저만치 들리는 것 같다.

-「흙」에서

마지막으로 작가의 현재의 모습에 가장 근접한 수필 한 편을 보자. 「덕질 중」이다.

　　작가는 지금 덕질 중이다. 덕질은 자신이 열정적으로 좋아하는 특정 분야의 마니아를 의미한다. 나이 쉰이 넘어서 대학 후배인 트로트 가수에게 입덕을 한 것이다.

　　일본 열도를 달군 한류의 중심 욘사마가 새로 등장한 형태다. 욘사마는 한국 배우 배용준과 높은 사람을 지칭하는 일본식 사마가 결합된 말이다. 일본의 열성팬들이 배용준에게 최고의 존칭을 부여한 것이다.

　　욘사마의 팬들은 한국의 김치 맛에 열광했던 일본의 사오십 대 주부들이었다. 집권 자민당이 전쟁을 치르는 자위군으로 개편하는 정치 파란의 과정 속에서도 욘사마를 추종하는 덕후들이었다. 작가도 그들처럼 트로트 가수를 추종하는 현대판 덕질의 반열에 올랐다.

　　지루한 주부의 삶에 반란이라도 일으킨 것일까? 트로트에 열광하는 삶이 시작되었다. 일상의 절망감은 그들의 노래로 상쇄되었다. 여자의 마음을 염탐이라도 한 듯 덕질은 깊숙이 자리 잡았다.

　　카톡 프로필 사진도 좋아하는 가수로 바꾸었다. 동료들이나 지인들이 프로필 사진을 보고 한마디씩 할 것이 염려되었으나 신경 쓰지 않았다. 작가는 꿋꿋이 덕질하는 가수에 대해서 한바탕 자랑을 늘어놓는다. 팬 카페에서 등급이 올랐다며 좋아한다.

　　작가는 여태껏 자신이 좋아하는 것에 진정을 다해 몰두해 본적이 몇 번이나 있었던가 하고 자문하면서 팬들과의 소통에 대해서도 늘어놓는다. 수술 후 좋아하는 가수의 노래로 투병 생활을 견뎌내고 있다는 이야기, 아들을 먼저 하늘나라로 보내고 아들을 닮은 가수를 보며 위안을 얻는다는 이야기, 좋아하는 가수의 노래에 우울증으로부터 벗어나 치유의 삶을 살고 있다는 이야기 등, 팔순이 넘는 팬의 진심 어린 격려까지 줄을 잇는다고 한다. 또한 작가는 덕질을 통해 일본 열도를 들썩이며 욘사마를 외친 그들과 같은 정서를 공유하고 있다고 주장한다.

> 누군가를 좋아하고 누군가를 위해 몰입할 수 있다는 것은 또 다른 삶의 시작임이 틀림없다. 나의 덕질이 어쩌면 잠시 스쳐가는 바람일 수도 있겠지만 함께하는 동안 깊은 몰입 속에 베프best friend 같은 애정을 쏟고 싶다.
>
> -「덕질 중」에서

3. 에필로그

김남희 수필가는 성실한 작가다. 진술하고 거품이 적은 작가이다. 자기만의 빛깔과 향취를 품은 작품을 창작하기 위해 고민하는 작가이기도 하다. 욕심을 얹는다면 상상력의 확장이다. 수필은 개인이 겪은 사실의 전달이 아니라, 작가의 상상력에 의해 생산되는 창의적 문학 장르이기 때문이다.

자기만의 생각에 사로잡혀 있으면 아집에서 벗어날 수 없다. 물이 고여 있을 때와 흐를 때의 모습은 천지 차이다. 마음의 문을 활짝 열고 세상을 받아들이려고 하면 수필이 훨씬 깊고 넓어진다. 담을 허물면 내 울안이 침범당하는 것이 아니라, 담 바깥까지 내 마당을 얻는 것과 같은 이치다. 정진하기 바란다.